U0580094

伊沙

伊沙的诗

北师大诗群书系

张清华 主编

The Poem of Yi Sha

北京师范大学出版集团
BEIJING NORMAL UNIVERSITY PUBLISHING GROUP
北京师范大学出版社

口语诗其实是最难的，抒情诗、意象诗说到底都有通用技巧甚至公式，唯独口语诗没有，需要诗人靠感觉把握其成色与分寸，比方说，押韵是个死东西，而语感则是活的。

——伊沙

大二时与老 G（左）、葛明松（中）在北海公园

大三参加社会调查时的伊沙

2007 年应邀出席鹿特丹国际诗歌节官方标准照

伊沙 2015 年

2016 年在韩国首尔书法展自己的作品前

总序：关于『北师大诗群』

张清华

假如从胡适《尝试集》中最早的几首算起，2016 年恰好是新诗诞生一百周年。 一百年，中国新诗已从稚嫩的学步者，走到了多向而复杂的成年，水准和面貌的成熟与早年相比，早已不可同日而语。 而且如果从胡适这里看，中国新诗诞生的摇篮不是别处，就在大学中。 数一数"五四"时期其他几位重要的白话诗人，沈尹默、周作人、康白情、刘半农、俞平伯……几乎都是北京大学的教授。

算起来，北京师范大学与北京大学本亦属同源，1902 年创立的京师大学堂师范馆，即北京师范大学的前身。 京师大学堂最早成立于 1898 年的戊戌变法中，但两年后因八国联军入侵京城而关闭。1902年初战事平息，清廷下令恢复京师大学堂，且因急需用人而举办速成科，分仕学和师范两馆于1902年10月开始招生。有此前缘，北京师范大学便可以当仁不让地认为，她本身也是新诗和新文学诞生的摇篮之一了。而且还可以列出这些名字：梁启超、鲁迅、钱玄同、钟敬文、穆木天、沈从文、石评梅、郑敏、牛汉……在当代，还有一大批作家和诗人都是出自北京师范大学。2012年获得诺贝尔文学奖的莫言，也是北京师范大学的校友作家。与他一个班的，还有余华、迟子建、严歌苓、刘震云、洪峰、毕淑敏、海男、刘毅然等一大批，就读于1980级本科的还有苏童，1982级的则有陈染，干部班的还有刘恒，等等。

从这样一个角度看，尽管"北师大诗群"是一个相对封闭的小概念，但其历史格局与背景谱系不可以小觑——某种程度上它甚至可以看作新诗历史的一个缩微版。鲁迅自1920年到1926年在北京师范大学任教达六年，1927年由北新书局出版的《野草》均写于此间，其中收入的作品多曾发表于1924—1926年的《语丝》周刊。而且从各方面看，如果我们不以狭隘之心看待"新诗"这一概念的话，那么说《野草》代表了这一时期新诗的最高成就，大约也不为过。因为很显然，以胡适为首的"白话新诗派"的作品确乎乏善可陈，在语言和形象方面都显得单纯和稚嫩，而郭沫若出版于1921年的《女神》，虽说真正确立了新诗的诞生，但从美学上还止步于以启蒙主义为基础的浪漫主义，而几年后的《野草》则真正抵达了以叔本华、尼采、克尔恺郭尔的思想为根基的存在主义，在语言上它也堪称创造出了一种真正现代的、象征与暗示的、多意而隐晦的语体。直到今天，它也还散发着迷人的魔力，以及解读不尽的晦暗意味，甚至它的"费解"也是这魔力的一部分。

因此，如果要真正编纂一套"北师大诗群书系"的话，鲁迅的书应该排在首位。只是因为《野草》的版本如此普及，我们才不得不放弃此举，但必须将之放入这一谱系的最前端，这套丛书才算有了"合法性"。

现代中国新诗的道路显然相对复杂，有无数的歧路与小径。 但说到底，在 1925 年《微雨》出版——即以李金发为代表的"象征派"出现之前，在 1924 年始鲁迅的《野草》陆续发表之前，新诗基本还处于草创期，语言并不成熟，一套新的艺术思维也还未成形。 之后新诗步入了一个建设期，简单看，我以为大抵有两条路径：一是以闻一多、徐志摩等为代表的留学英美的"新月派"，主要师承了英美浪漫主义的传统，这一派固然写得好，人气旺，讲究修辞和形式感、韵律和音乐性，但从艺术的质地与难度、含量与趋势看，似乎并不能真正代表新诗的前景与方向；二是颇遭质疑的"象征派"，以及稍后至 20 世纪 30 年代初涌现的以戴望舒、艾青等为代表的"现代派"则表现了更为强烈的冲击力与陌生感，其普遍运用的隐喻与象征、感觉与暗示的手段，以及在诗意上的沉潜与复杂，都更准确地体现了现代诗的要求，因此也就更代表了新诗发展的前景。

从这个意义上说，鲁迅所开辟的诗歌写作传统或许才是真正"正宗"的。 虽然很久以来，人们将其当作"散文诗"，狭隘和矮化了它的意义，但是从大的方向看，鲁迅的诗更接近于一种"真正的现代诗"，其所包含的思想、思维方式和美学意味更能显示出新诗的未来前景。换言之，鲁迅所开创的新诗的写法，对于新文学和新诗的贡献是最重要的。 从这个方向看，穆木天的重要性也同样得以凸显，他出版于 1923 年的第一本诗集《旅心》，也因为初步包含了一些象征的因素，而在创造社的浪漫主义派别中具有了一些特立独行的意味。 当然，那时穆木天与北京师范大学之间尚未有什么交集。 之后在 20 世纪 40 年代赫然鹊起的"九叶"之一郑敏也一样，她作为诗人诞生于西南联大的校园，昆明近郊的稻田边，与北京师范大学的距离也还显得过于遥邈；而远在西北，就读于抗战时期西北联大的牛汉，那时在诗歌写作上还远未真正显露头角……种种迹象表明，在鲁迅之后，北京师范大学这座校园与新诗之间的联系似乎不够紧密。

如此说来，"北师大诗群"这样一个概念也就在"历史客观性"上面临着检验。 一方面，她有着足以令人钦服的鲁迅传统，同时又似乎在很多年中略显沉寂和寥落。另一方面，20 世纪五六十年代之后长期执教于北京师范大学的穆木天与郑敏，主要的写作和影响时期也不在此间。此间出现的一些写作者似乎又不能在整个诗歌史中具有代表性。因此，假如我们硬要赋予这一概念一些"底气"的话，那么将这段历史当作一种漫长的前史、一种久远的酝酿，或许是更为得体和合适的。

但当时光飞到 20 世纪 80 年代之后，北师大人就再也没有错过时代的机缘。1978 年以后，牛汉的《半棵树》《华南虎》等作品都引发了巨大的反响，而执教师大且再度浮出的郑敏也在随后被命名的"九叶诗人"群中显现了最为旺盛的持续创造力；20 世纪 80 年代后期开始，任洪渊也开始发力，他创造了一种具有"现代玄学"意味的诗体，同时以特有的思想煽惑力，为一批喜爱诗歌写作的学生提供了兴趣成长的机遇；之后同在北师大任教的蓝棣之也作为诗歌研究家，以鲜明的风格影响了校园的诗歌氛围。因了这些具体的影响，当然更多还是出于这一年代的大势，1984 级和 1985 级中出现了前所未有的诗歌写作热，涌现出了宋小贤、伊沙、徐江、侯马、桑克等一批诗人。 这批人在 20 世纪 90 年代迅速成长起来，成为当代诗坛的一支新军。 尤其以伊沙为代表，他在 1992—1993 年的两期《非非》上刊出的《历史写不出的我写》《中指朝天》两组诗，堪称惊雷般振聋发聩的作品，对这个年代的文化氛围造成了犀利的冲击和颠覆、戏谑和解构的效果。由此出发，"北师大诗群"这一概念似乎渐渐生成了一个雏形。

迄今为止，在当代中国的诗歌生态中，假如说存在着一个有机的"解构主义写作"的派系的话，那么其肇始者应该是 20 世纪 80 年代中期的韩东和于坚。 但他们此期的作品，其解构效能基本上还处在观念阶段，语言层面上的解构性还未真正生成。 无论是韩东的《有关大雁塔》《你见过大海》还是于坚的《尚义街六号》、李亚伟的《中文系》，这些作品虽已高度经典化，但细审之，还远未在文本层面上形成真正的戏谑性。 只有到了伊沙的《梅花：一首失败的抒情诗》《事实上》《车过黄河》《结结巴巴》《诺贝尔奖：永恒的答谢辞》一类作品出现，在诗歌写作的主题与话语类型上、在词语与美学上，才产生出真正的解构力量。 这种冲击在文化上引申出来的精神意义与美学势能成为所谓"口语派"或"民间写作"在1999年"盘峰诗会"上提出的依据及底气。 没有这种写作背后的文化精神，以及在美学上强有力的颠覆性，单纯在风格学上强调口语，显然是没有多少意义的。

而这也就是在世纪之交新的一波诗人得以出现的因由，在沈浩波们那里，这种前所未有的解构性写作被经验主义地进行了发挥，"下半身"美学诞生了。 但问题是，破坏力的持续发酵失去了文化或美学上内在的理由。如果说人们从早期伊沙的诗中可以读出美学的激愤和文化的合理性的话，那么在"下半身"运动中，这种文化的合理性似乎打了折扣，并因此而遭到了更多质疑。 但是，从历史长河来看，沈浩波们所发起的破坏性的极端写作成全了"北师大诗群"在文化精神与美学取向上的一种连贯性，以及"奇怪的针对性"——他们仿佛是专门为"北师大诗群"而生的。 在北大的文化产床上诞生了海子、西川、骆一禾、臧棣……那么在北师大的摇篮里就势必要生长出伊沙、徐江、侯马、沈浩波……这似乎是冥冥中的一种逻辑，一种天然的对应关系。

或许我可以用布鲁姆的"影响的焦虑"来解释这种现象的由来，因为某种对于优势的反对冲动，导致"北师大诗群"出现了某种奇怪的"集体无意识"。这种推论当然是个人的猜测性解释，缺乏学理上的依据。假如我们不用这样一种逻辑来设定，从另一个完全自足的角度来理解的话，那么"北师大诗群"的风格当然地应该是丰富和多面的。稍早于沈浩波的朵渔，还有与伊沙同期的桑克、宋小贤等，都可谓有自己独有的立场，晚近因为读博士而进入北师大的吕约，则更像是特立独行的个体。

其实，值得一说的还有批评和研究方面，假如果真存在一个"北师大诗群"的话，那么批评和研究也理所当然是其有机的部分。如前所述，北师大的批评传统前有鲁迅、钱玄同、钟敬文、李长之、黄药眠、童庆炳等先贤，中间则有任洪渊、蓝棣之在诗歌研究中的接力，再之后则有一批在诗学和批评界耕耘的中青年，这个阵容在中国所有的大学校园中也堪称独秀了。

至此，关于"北师大诗群"的话题似乎可以落定了。虽然作为后学和外来者，我并无资格在这里谈论历史和现今，但借了北师大国际写作中心成立之机，整理师大文学传统、开展校友作家研究，变成了一份置身其间者难以推卸的责任。秉此大意，我不得不勉为其难，做些事务性的工作，来设法梳理和"包装"一下由众多北京师范大学先贤所开创、由许多同代和同人所传承的诗歌脉系。

这便是该套"北师大诗群书系"诞生的缘由，虽说文章乃天下公器，无论是以个人、群体还是"单位"来窄化其意义都不足取，但以文化传承和流派共生的角度看，又是其来有自、有案可循的。况且，历史上很多流派和概念都是后人重新命名的，像"九叶诗人""朦胧诗派"都是先有创作后有名号的。即便"北师大诗群"不能算是一个严格意义上的流派，但在大学文化和脉系传承的意义上也算是一种有意义的集合。

我不想在这里全面地阐述这一诗群的文化及美学含义，自知力不能及。但假如稍加审度似也不难发现，由鲁迅作为源头的这一脉系，确有着创造与发现、突破与颠覆的精神暗线；在语言上，早先的隐晦与暗示，中间的玄学与转喻，还有后来的直白与冒犯，竟然可以构成奇怪的交叉与换位，且有着若隐若现、似有似无的传递关系，但同时，更为丰富的构造和自我分化也更体现了兼容并包的大学精神。且不论怎么变，他们在文化上天然的先锋与反抗、探求而崇尚自由真理的内在精神，似乎永远是一脉相系、绵绵不绝的。

这便是它存在的理由和需要重新梳理的意义。薪火相传，我们审视百年新诗的演变，也许它还可以提供一个范例、一个缩影。

"北师大诗群书系"的第一辑中，我们所选的四位诗人是穆木天、牛汉、郑敏、任洪渊。他们与北师大的交集有先有后，在新诗史上的地位也有差别，但之所以将他们作为第一辑推出，是因为首先要使这一概念"合法化"。虽然按成就、地位，他们谁都难以和鲁迅比肩，在北师大的名望和"资历"也同样如此，所以单立一辑的应该是鲁迅而不是别人，但因《野草》读者随处都是，遂不需重新编辑出版。从几位的年龄上说，生于 1900 年的穆木天早在 1971 年便已辞世；晚其一辈，生于 1923 年的牛汉则在 2013 年过世；稍长牛汉，于 1920 年出生的郑敏，如今仍健在，成为百年诗坛的又一见证人；至于 1937 年出生的任洪渊，又比牛汉小了十几岁，出于技术考虑，单列亦难，不得不将他放入第一辑。

因此，简单化处理或许是有理由的。不管怎么说，穆木天、郑敏、任洪渊三位都有在北师大执教数十年的履历，由他们组成第一辑，可为众多的后来者奠定脉系的根基。基于此，我们在第二辑中，拟将成长于 20 世纪 80 年代校园的伊沙、宋小贤、桑克、侯马、徐江置于一起，构成中间一代的景观。第三辑则仍呈现一个开放性的阵容，拟以更为晚近走出的朵渔、沈浩波、吕约等组成。同时，假如可能，我们还打算将活跃于当代诗学研究与诗歌批评领域的一批师大同人，如李怡、张柠、陈太胜等算作第四辑，将他们的理论批评文字也予以集中展示。另外，更重要的是，自 2015 年起，师大相继调入了著名诗人欧阳江河和西川，他们在诗歌写作和诗学建树方面均有广泛影响，他们长期服务于北师大，自然也应视为师大诗群的重要组成部分。因此，在适当时机，我们还要将他们也一起收纳进来。如此，几代人构成的谱系、创作与批评互补的格局，便大致可以显现出一个轮廓。

下决心写短序，但还是拉杂至此。这些话其实本应由北师大德尊望重的长辈，或者学养修为更高的同人来说，只是因为我冒昧充当了"北师大校友作家研究校级重大课题"的责任人，才不得不滥竽充数，写下如上文字。从研究者的私心说，希望借此机遇，将"北师大诗群"一说坐实，至少能够提供一个为研究者参考、为读者评说的读本，当然，如能引数十万计的北师大校友自豪，增益其认同之感，更足以欣慰了。唯望这个谱系的勾画是大致符合历史的，如有重要遗漏，那么罪责亦将无以推卸。

惶恐之至，谨以为序。

2016 年 1 月 22 日于北京师范大学

目 录

1

第一辑

饿死诗人

地拉那雪

地拉那洁白一片

地拉那冬夜没有街灯

地拉那女播音员用北京话报时

地拉那青年爱打篮球

可是你知道么

地拉那下雪了

那时你走在桥上

皮夹克捆着你宽宽的身量

那时你告诉一个女人

要去远方架线　马上出发
地拉那的女人也描眉
嚼口香糖含混不清地说话

地拉那的女人不会脱衣服
在房间里她端给你黑面包
你在看窗上的冰凌花
外面的球赛赛得很响
直到最后拉开了房门离去
屋里还充满她不温柔的呼吸

在地拉那的深雪里
你走完我看电影的那个晚上
那些七零八落的脚印呵
地拉那的街灯亮了
在最后一根电杆上你一动不动
黑熊般的人群和火把由小变大

没准儿你还活着

外国电影都没有尾巴

宿舍停电的夜晚

我给你打电话　遇上盲音

拿起当日的晚报

北京——地拉那电线断了

地拉那那场鹅毛雪还下吗还下吗

（1988 北京师范大学）

女英烈传

那是个有阳光的上午

你的小女儿走在唐宁街上

伦敦那些谢顶的楼群

她没有看见

她不知道

昨天发生了战争

踩着阳光

走进白金汉宫

她不知道

那些先生们为何面无笑容

给她脖子上挂上

一枚银色的乔治勋章

那是要交给妈咪的

她很高兴

像只小鸟飞回家去

她要告诉妈咪

这些有趣的经历

妈咪肯定回来了

带回巴黎最小号的时装

过去每回都是这样

她始终没看那枚勋章

妈咪就在上面

微笑着谛听

她跃动的心房

并想伸出手来

抚平她头上

扬起的羽毛

（1988 北京师范大学）

舒曼这样度过冬天

新婚刚过

土豆不多了

这个冬天好冷

漫长如

步入晚年的道路

壁炉的火苗将熄

舒曼坐在钢琴前

把寒冷也弹成音符

弹自己的名字

还有克拉拉

舒曼的好妻子

那时她走在街上

钢琴家纤柔的长指

提着空空的菜篮

脚踩厚厚的积雪

那时舒曼在家里

不经意用语言表述

两架钢琴

什么都有了

她听见了

她全听见了

那首刚刚完成的

《春天交响曲》

克拉拉笑了笑

笑得很凄楚

笑得很幸福

（1988 北京师范大学）

去年冬天 在拉萨

在八角街的一角碰见马原
就是那个留胡子的汉人那个弹子王
那是暴风雪来临前一小时
空气中有水的味道

马原将一个弹子打入洞中
我来他没有抬头
垂下蛙王般的大眼睛
手中的弹子散发着热烘烘的羊膻味
他清点它们
如同僧侣在抚弄念珠

轮到我了
我也玩得很好
马原的嘴笑成可怖的山洞

掏出带羊膻味的人民币
请我吃奶茶

说起外面的事
情绪不是很高
那双蓝色的蛙眼
透着忧郁
眼角有奶酪般的眼屎

后来就下雪了
我们坐着
看人们在暴风雪中奔跑
然后消失

后来呢?
后来就不下了
马原说:就这样

(1988 北京师范大学)

车过黄河

列车正经过黄河

我正在厕所小便

我深知这不该

我应该坐在窗前

或站在车门旁边

左手叉腰

右手做眉檐

眺望　像个伟人

至少像个诗人

想点河上的事情

或历史的陈账

那时人们都在眺望

我在厕所里

时间很长

现在这时间属于我

我等了一天一夜

只一泡尿工夫

黄河已经流远

（1988 北京师范大学）

江山美人

我总得拎点儿什么

才能去看你

在讲究平衡的年代

我的左手

是一条河流　一座高楼

一块被废弃的秤砣

在我的右手

美人　我不能真的一无所有

我一直纳闷

这样残破的江山

却天生你这尤物

我靠着大夏天

袒胸露肚

盯着一棵大树

我想吃上面的槐花

就得将它连根拔掉

我对工作不厌其烦

就算你偶尔走到我的身边

也只能看见

我的侧影

美人　你要认准我真的可爱

给不给　请早作打算

就算我大器晚成

也要你徐娘半老

说正经的给你

假如我拥有江山

也就拥有江山里的你

（1989 北京师范大学）

9

号

9 号门上锈着一把黑锁

9 号窗前飘着一件常年不收的胸衣

9 号院内春天就有槐花的香气

9 号在夜里传出一缕歌声

9 号的狗在门洞中钻出钻进

9 号的信在信箱里沉沉大睡

9 号的草坪漫到柏油路上

9 号的太阳起得晚睡得早

9 号在风尘中褪去颜色

这个黄昏

9 号响起敲门声

门下　站着一双雨鞋

（1989 北京师范大学）

16

善良的愿望抑或
倒放胶片的感觉

炮弹射进炮筒

字迹缩回笔尖

雪花飞离地面

白昼奔向太阳

河流流向源头

火车躲进隧洞

废墟站立成为大厦

机器分化成为零件

孩子爬进了娘胎

街上的行人少掉

落叶跳上枝头

自杀的少女跃上三楼

失踪者从寻人启事上跳下

伸向他人之手缩回口袋

新娘逃离洞房

成为初恋的少女

少年愈加天真

叼起比香烟粗壮的奶瓶

她也会回来

倒退着走路

回到我的小屋

我会逃离那冰冷

而陌生的车站

回到课堂上

红领巾回到脖子上

起立　上课

天天向上　好好学习

（1989 北京师范大学）

写给香烟的一首赞美诗

我赞美香烟

赞美制作香烟的手指

我想象烟草的来历

在那黄金季节

黑奴般的人儿出没在阳光里

一辆破铁皮的卡车开向远方

烟囱喷吐着灰色的卷云

我所期待的香烟

就出自那里

它们在流水线上

像一粒粒整装待发的子弹

或一排排标准的白杨树干

但我不能如此比喻

我深知劳作的意义

每支好的香烟

都弥漫着浓重的汗味

每当我享用它们

看它们在短暂的时间

烧成灰烬

我都有着非凡的快意

因为我是深明来历的人

（1989 北京师范大学）

停电之夜

今夜停电

城中一片黑暗

即使在黑暗中

我也能感觉到

眼睛的作用

我看见

蜡烛在抽屉里

抽屉在柜子中

柜子在房间的一隅

我在黑暗中

走向柜子

拉开抽屉

取到蜡烛

一切都很顺利

但却在折返路上

摔了一跤

并没有什么绊我

是我自己

闭上了眼睛

(1989)

恐怖的旧剧场

旧剧场是一片芜杂的荒草

疯长在我露天的记忆里

那是在不演电影的日子

坐在它的某排某座

盛传在那一年谣言里的那一个人

住在放映室的二楼

舞台的帷幕动了起来

背后传来一声咳嗽

像一种无法预知的结局

我回过头来看见了什么

像一种无法预知的结局

背后传来一声咳嗽

舞台的帷幕动了起来

住在放映室的二楼

盛传在那一年谣言里的那一个人

坐在它的某排某座

那是在不演电影的日子

疯长在我露天的记忆里

旧剧场是一片芜杂的荒草

（1989）

奇迹

镍币上的麦穗
在我口袋里
熟了

那天我穿过大街
嘴里嘀咕了一句
什么
我也没听清

人们只嗅到
满街的麦香
谁也没注意
我
这个奇迹

(1989)

回故乡之路

回故乡之路
早已遗忘
我也忘却了
故乡的方向
是这样一个早晨
一匹在夜里梦见我的黑马
走进这座城市
停在我家门前
它望着我
伏身下去……

（1989）

没尝过苦难的流浪汉

不懂得情义的珍贵

听不懂歌声的马儿

在路上也跑不远

阿依古丽　我的情人

我要用心为你编织花篮

你是我的　冬不拉

我是你的　美人痣

太阳下山明早依旧爬上来

花儿谢了明年还会一样开

我的青春一去无踪影

我的青春小鸟一去不回来

（1990）

为司机点烟

为司机点烟

是一种仪式

在我嘴上点燃

深吸一口

递入他口中

这一过程

车拐了一个弯儿

这一过程

又吃掉了一截路

如果突然刹车

我会失去自控

一头撞碎

车窗的玻璃

但是没有

注视前方的司机

知道我在点烟

他动了动嘴唇

如果我是女的

也别无深意

我是个男人

便深化了仪式

路险且远　　师傅

我的小命

在你手中

（1990）

饿
死
诗
人

那样轻松的　你们

开始复述农业

耕作的事宜以及

春来秋去

挥汗如雨　收获麦子

你们以为麦粒就是你们

为女人迸溅的泪滴吗

麦芒就像你们贴在腮帮上的

猪鬃般柔软吗

你们拥挤在流浪之路的那一年

北方的麦子自个儿长大了

它们挥舞着一弯弯

阳光之镰

割断麦秆　自己的脖子

割断与土地最后的联系

成全了你们

诗人们已经吃饱了

一望无边的麦田

在他们腹中香气弥漫

城市最伟大的懒汉

做了诗歌中光荣的农夫

麦子　以阳光和雨水的名义

我呼吁：饿死他们

狗日的诗人

首先饿死我

一个用墨水污染土地的帮凶

一个艺术世界的杂种

（1990）

黛玉进入我家

黛玉进入我家

我在门口

遇上她

从此我闭门不出

头悬梁锥刺骨

日日苦读

黛玉住在我家

我在窗前

望着她

从此我躲进柴房

奋力劈柴

一丝不挂

黛玉睡在我家

我在床上

想着她

我在等她长大

我在等她

为我葬花

林妹妹

看看我吧

我不爱说话

也无玉

但诗做得好

而且力气大

（1990）

33

最后的长安人

牙医无法修补

我满嘴的虫牙

因为城堞

无法修补

我袒露胸脯

摸自己的肋骨

城砖历历可数

季节的风

也吹不走我眼中

灰白的秋天

几千年

外省外国的游客

指着我的头说：

瞧这个秦俑

还他妈有口活气！

(1990)

假肢工厂

儿时的朋友陈向东
如今在假肢厂干活
意外接到他的电话
约我前去相见
在厂门口　看见他
一如从前的笑脸
但放大了几倍
走路似乎有点异样
我伸出手去
撩他的裤管

他笑了：是真的

一起向前走

才想起握手

他在我手上捏了捏

完好如初

一切完好如初

我们哈哈大乐

（1990）

卡
通
片

鸭子唐纳游过河去

他吃喝，搞恶作剧

鼠朋狗友满天下

对敌人充满仇恨

一只正义的

人性的鸭子

使人长出翅膀

鸭子唐纳游过河去

与一只母鸭幽会

这才是生活

这才是生活

使我们大乐

并且想飞

从前我也看过卡通片

三个和尚为一桶水

推推搡搡的

真没有意思啊

（1990）

39

结结巴巴

结结巴巴我的嘴

二二二等残废

咬不住我狂狂狂奔的思维

还有我的腿

你们四处流流流淌的口水

散着霉味

我我我的肺

多么劳累

我要突突突围

你们莫莫莫名其妙

的节奏

亟待突围

我我我的

我的机枪点点点射般

的语言

充满快慰

结结巴巴我的命

我的命里没没没有鬼

你们瞧瞧瞧我

一脸无所谓

（1991）

41

色盲

你所讲述的彩虹

究竟如何美丽

我还看见了

一面尿片般的国旗

今生勉强下完

的一盘棋

是我帮你吃掉了

我的车

唉！

你说我饱受颜色的折磨

你说我只晓得光明与黑暗

的色泽

我死在城市的

红绿灯下

死不瞑目地看啊

那永远搞不懂的真假

这是宿命

最后一瞥

我看到了爷爷

一个色盲农民

一生收获

猩红的麦子

（1991）

致命的错别字

我看见鹿群狂奔

如丧家之犬

西沉太阳突然停顿

云彩坠落

一记山盟海誓的怒吼

来自河的对岸

草原深处

大地中央

在小鹿颤抖的目光上

一头虱子金发飘扬

兽中之王正在起床

随便打了一个呵欠

（1991）

乡村摇滚

一张张人脸

凑近了马槽

我看见它们嘴上正被咀嚼的干草

打谷场上嫂子

剥去我的裤子

一泡童子尿是一支丰收的歌谣

嘘！麦垛里有人

明月普照草的城堡

两个梦见天堂的人儿在睡觉

我继续胡闹

在河里摸鱼

在天上飞行并且调戏了一只鸟

怕鬼的爹爹快回家

今晚没你事儿啦

俺要和造反的鬼儿们一起打天下

（1991）

我也操着娘娘腔

写一首抒情诗啊

就写那冬天不要命的梅花吧

想象力不发达

就得学会观察

裹紧大衣到户外

我发现：梅花开在梅树上

丑陋不堪的老树

没法入诗　那么

诗人的梅

全开在空中

怀着深深的疑虑

闷头朝前走

其实我也是装模作样

此诗已写到该升华的关头

像所有不要脸的诗人那样

我伸出了一只手

梅花　梅花

啐我一脸梅毒

（1991）

老
狐
狸

（说明：欲读本诗的朋友请备好显影液在以上空白之处
涂抹一至两遍，《老狐狸》即可原形毕露。）

（1991）

49

星期天夜间的事件

此刻的上帝

抱着他优美的大脚丫

在剪趾甲

此刻在天堂之下

我已酣然睡去

哦！上帝

为人类的拯救操劳

只是比我睡眠更少

今天他休假

抱着大脚丫剪趾甲

剪掉的趾甲

月牙般纷纷落下

一枚巨大的弹片

穿透了我的屋顶

此刻在天堂之下

遭劫的房屋

另有九处

（1991）

反动十四行

在这晌午　阳光底下的大白天
我忽然有一肚子的酸水要往外倒
比泻肚还急　来势汹汹　慌不择手
敲开神圣的诗歌之门　十四行

是一个便盆　精致　大小合适
正可以哭诉　鼻涕比眼泪多得多
少女　鲜花　死亡　面目全非的神灵
我是否一定要倾心此类

一个糙老爷们的浪漫情怀

造就偶尔的篇章　俗不可读　君子不齿

或不同凡响　它就是表现如何的糙

进入尾声　像一个真正的内行　我也知道

要运足气力　丹田之气　吃下两个馒头

上了一回厕所　不得了　过了　过了

我一口气把十四行诗写到了第十五行

（1992）

诺贝尔奖：永恒的答谢辞

我不拒绝　我当然要

接受这笔卖炸药的钱

我要把它全买成炸药

尊敬的女士们先生们

尊敬的瑞典国王陛下

请你们准备好

请你们一齐——

　　　　　　卧倒！

（1992）

拜师学艺

在这清风拂面的早晨
小木匠学手艺

手把手的师傅
教他打棺材

为什么？　为什么？
瞪大双眼勤学好问

什么也不为！师傅说
棺材——简单

（1992）

55

没事儿

没事儿

没事儿之人站在风里

愣是没事儿

卸掉下巴

卸掉左膀右臂

卸掉大腿不容易

他在努力

把自己大卸八块的感觉

说不出来

在说不出来的感觉里

在风里

没事儿之人有事可干了

他在努力

(1992)

广告诗

挡不住的诱惑
　　是可口可乐

　　　　非洲儿童的饥渴
　　　　紧咬美国奶妈的乳房
　　　　拼命吮吸里面的营养
　　　　里面的营养是褐色的琼浆

可口可乐新感觉
　　挡不住的诱惑

（1992）

催眠术

我睡了　我看见
朝阳初升
出海的小船
载我的尸体
驶向彼岸

我睡了　我看见
青天白日
一头恐龙
在高速公路上

奔驰

我睡了　我看见
夕阳西下
翻过一面山坡
回到摇篮
不是妈妈催我入眠

我睡了　我看见
月上东山
死猪不怕开水烫
你们问我的
我一概不知

我睡了　我看见

（1993）

诗意的发现

我来到阔别三年的墓园

发现我拜谒的墓碑

已不在老地方　诗意的发现

我是说灵魂在前进

每天每一寸

(1993)

悟

性

这个世界是好玩的

这个世界总他妈玩我才使我觉得它好玩

（1994）

星期天

我在一本画册上

看了

凡·高的两幅画

不是用钞票裱过的

那些个名作

是两张不起眼的画

一幅叫《高更的椅子》

另一幅

叫《凡·高的椅子》

尽管我没舍得

买这本画册
可我
已被感动得
南辕北辙
顺势坐反了
回家的电车

（1994）

我
的
祖
先

那些沦落市井的无聊之徒
整日吃喝嫖赌
为件小事去杀某人
视生命为粪土

也曾像小孩般天真过的
我的种族
以行刺作为风尚的
遥远的上古

他们是——我的祖先
我冲动的骨血的渊源
那些摇着扇子晃着脑袋的一群
不算

(1994)

命运

我早已看破人类的命运
那是一个旭日东升的早晨
在儿童公园的旋转木马上
那个裹在襁褓中的弃婴
小脸绽放出茫然无知的表情

（1994）

回答母亲

和母亲坐在一起

看电视　这种景象

已经很少见了

电视里正在演一位

英雄　在一场火灾中

脸被烧得不成样子

母亲告诫我

"遇到这样的事

你千万不要管……"

久久望着母亲
说不出话　这种景象
也已经很少见了

母亲早已忘记了　曾经
她是怎么教育我的
怎么把我教育成人的

"妈妈放心吧
甭说火灾啦
自个儿着了我也懒得去救"

这样的回答该让她
感到满意　看完这个节目
她就忙着给我炖排骨汤去了

（1995）

观

察

我看见
三个轮子的
汽车在跑
只有
三个轮子
在转
另一个轮子
是备用的
背在后面
不转
也许还有
一个轮子
在转
我看不见

(1995)

警世录：一部黑白电影的分镜头叙述

特写：一张少女的脸庞

　　　　那灿烂的脸上

　　　　她的嘴在欢呼

　　　　喜极而泣

中景：十个或更多的

　　　　少女在欢呼

　　　　纤长的手臂举起

　　　　伸向某个方向

远景：更多更多的

　　　　少女构成一片

欢腾的海洋

海浪朝着一个人

激荡

特写：小胡子

左分头

阿道夫·希特勒

此刻的表情

像一名

正在发功的气功大师

(1995)

等待戈多

实验剧团的

小剧场

正在上演

《等待戈多》

老掉牙的剧目

观众不多

左等右等

戈多不来

知道他不来
没人真在等

有人开始犯困
可正在这时

在《等待戈多》的尾声
有人冲上了台

出乎了"出乎意料"
实在令人振奋

此来者不善
乃剧场看门老头的傻公子

拦都拦不住
蹿至舞台中央

喊着叔叔

哭着要糖

"戈多来了!"

全体起立热烈鼓掌

（1995）

伤口之歌

我对伤口的恐惧
　　是发现它
　　　　像嘴
　　　　吐血

我对伤口更深的恐惧
　　是露骨的伤口
　　　　呲出了
　　　　它的牙

我的周身伤口遍布
　　发出了笑声
　　唱出了歌

（1995）

当征服者把我们征服之后

在外星人的厨房里
你被做成了熏肠
我被做成了香肠

为什么会这样？　而不是
我被做成了熏肠
你被做成了香肠

我的疑惑充满根据

香肠他们一天要吃六根

熏肠他们六天才吃一根

我蒙冤的灵魂在天发问

为什么——

为什么——

（1995）

20世纪的开始

一只孩子的

冻皲的

小手

将一块

老旧的

金壳怀表

置于当铺的

桌面

在大雪纷飞的

冬天午夜

77

三秒钟后

它被拿走

被一只

瘦骨嶙峋的

大手

那精准的怀表

指针转眼

跳过的

三秒钟

这个过程

是一个结束

和一个开始

(1995)

京剧晚会

锣一敲

出来一个男人

咿咿呀呀学女人

拿着手绢

学女人哭的样子

我早有所闻

学得最像的那人

就是这行的大师

我睡着以前

见一些老家伙闭着眼

头朝后仰去

口中念念有词

我想他们也想学女人

我睡着的时候

听见一声"好"

吓了我一跳

又出来一个男人

学女人哭的样子

比前一个学得更像

我大喝一声"好"

可能喊得不是时候

他们全回头看我

叫我滚蛋

我也正欲滚蛋

（1996）

大唐的余光

在长安　粉巷
二层的木楼上
从一个妓女的眼中
望出去　一个日本来的
和尚叫人感到不可思议
他目不斜视地穿过闹市
不嫖　不赌　不闻丝竹
住在一间租来的木屋里
深居简出　玩命抄写
那没完没了的经卷

偶尔与人交谈

也像是在打探

从一个妓女的眼中

望出去　此人的气质

不像和尚像个武士

（1996）

感恩的酒鬼

一个酒鬼

在呕吐　在城市

傍晚的霞光中呕吐

在护城河的一座桥上

大吐不止　那模样

像是在放声歌唱

他吐出了他吃下的

还吐出了他的胆汁

我在下班回家的路上

驻足　目击了这一幕

忽然非常感动

我想每一个人都有其独特的

对生活的感恩方式

（1996）

83

儿子的孤独

半岁的儿子

第一次在大立柜的镜中看见自己

以为是另一个人

一个和他一样高的小人儿

站在他对面

这番景象叫我乐了　仿佛

我有两个儿子——孪生的哥俩

两个小人儿一起跳舞

同声咿呀　然后

伸出各自的小手

相互击掌　一言为定

我儿子的孤独

普天下独生子的孤独

差不多就是全人类的孤独

（1996）

复调

光明被孩子

利用的事实

发生在

童年的夏天

太阳的光

聚在我手中

的放大镜上

屠杀一批批

搬迁途中的蚂蚁

它们烧焦的尸体

横了一地

黑暗被孩子
利用的事实
发生在
停电的夜晚
手电筒的光
打在我
吐露的舌头上
躲在暗中
突然出现
把两名女生
吓得尿了裤子

光明与黑暗
被一个孩子
利用的事实

（1996）

冥王星

冥王星的两极

堆满积雪

与我们的星球相似

真是罕见

今天早晨的我

是个关怀宇宙的人

就像关怀自个儿的睾丸

有无可疑的病变

我盯着茫茫银河最远的星一颗

（1996）

去年冬天在曲阜

采气的人
怀抱一棵树

熊一样抱住
那棵老树

那是孔子
亲手所栽之树

采气的人

满面红光　采到了气

收了手
与先前大不一样了

可偏偏有人
要将真相点破

点破的人
是操山东腔的女导游

她说：错了
不是这一棵是那一棵

而那一棵
几乎不存在

不过是树墩
围在围栏中

被千年的雷

劈成了这副鸟样

采气的人在一瞬间

脸儿变得煞白

这很没意思

更没意思的是

那个哈哈大笑

幸灾乐祸的我

（1997）

性爱教育

那是我们不多的

出门旅行中的一次

九年前　在青岛

那是属于爱情的夏天

海滩上的砂器和字迹

小饭馆里的鲜贝

非常便宜　记得

我们是住在一所

学校里　在夏季

它临时改成了旅店

那是我们共同的
爱看电影的夏天
一个晚上　我们
在录像厅里
坐到了天亮
一部介绍鱼类的片子
吸引了我们
使我们感到
震惊无比
那种鱼叫三文鱼
一种以一次
酣畅淋漓的交媾
为生命终结的
美艳之鱼
九年了
我们没有记住
它的美丽
只是难以忘记
这种残酷的结局

（1997）

93

在朋友家的厕所里

在朋友家的厕所里

我看到一本

自己的诗集

已经翻旧

在水箱的顶端

和手纸摆放在一起

没有什么比这

更叫我幸福的了

他书架上的书

都落满了灰

而我的诗

在他下面的快感

得到满足的同时

给了他上面的快感

在厕所里

是我给了

我的朋友

一个必要的平衡

(1997)

致

敬

街巷笔直

大路通天

迎面而来的行人

黑压压的

谁引我举手加额

内心满含敬意

——一个孕妇

仿佛行于冰面的

企鹅

那么美丽

那么骄傲和幸福

（1998）

张常氏，你的保姆

我在一所外语学院任教

这你是知道的

我在我工作的地方

从不向教授们低头

这你也是知道的

我曾向一位老保姆致敬

闻名全校的张常氏

在我眼里

是一名真正的教授

系陕西省蓝田县下归乡农民

我一位同事的母亲

她的成就是

把一名美国专家的孩子

带了四年

并命名为狗蛋

那个金发碧眼

一把鼻涕的崽子

随其母离开中国时

满口地道秦腔

满脸中国农民式的

朴实与狡黠

真是可爱极了

(1998)

细节的力量

她记住了那个吻

不是因为
此番唇舌间的运动
有什么特殊感觉
只是作为另一个
当事者的他
在完事之后
用手背
抹了抹嘴唇

像是餐后

（1998）

童年的渴意

露天的水龙头

我探着身子

伸长脖子歪着头

去解决一点

童年的渴意

水哗啦啦淌下来

那一瞬间

我喝到了水

舒服了嘴

那一瞬间

我看到风景

看到人

看到

眼前的世界

不是倒的

当然

也不是正的

而是横的

（1999）

一次性触球

很多年前
一位足球教练
（其实也就是
一位中学体育教师）
告诉我关于
一次性触球的理论
他说要让接球
与传球成为
同一动作
一个
最合理的动作
尽量省去
带球的过程
更不要粘球
后来的话

他是站起来讲的

他的声音

响彻了那所

中学的足球场

他说：你的目的

是要用最少的动作

即最短的时间

把球送到对方

最危险的地带去

后来

我没有像他

期待的那般

吃上足球这碗饭

但他的理论

肯定与我的写作

相关

（1999）

中国底层

辫子应约来到工棚

他说："小保你有烟抽了？"

那盒烟也是偷来的

和棚顶上一把六四式手枪

小保在床上坐着

他的腿在干这件活儿逃跑时摔断了

小保想卖了那枪

然后去医院把自己的断腿接上

辫子坚决不让
"小保，这可是要掉脑袋的!"

小保哭了
越哭越凶："看我可怜的!"

他说："我都两天没吃饭了
你忍心让我腿一直断着？"

辫子也哭了
他一抹眼泪："看咱可怜的!"

辫子决定帮助小保卖枪
经他介绍把枪卖给了 一个姓董的

以上所述是震惊全国的
西安 12.1 枪杀大案的开始

这样的夜晚别人都关心大案
我只关心辫子和小保

这些来自中国底层无望的孩子
让我这人民的诗人受不了

（1999）

第二辑

春天的乳房劫

一堆胖女人笨拙而性感的舞蹈

一个孩子在祈祷　这里是环礁岛

而在千年岛　一条船载着火把

正驶离岸　在土著们的咒骂声中

一个黑人吹响了千年海螺

在巴勒尼群岛的海滩

天空中有阴云密布　景色苍茫

一只海鸟在飞

第一缕曙光照耀着基里巴斯

但阳光没有　被云层阻隔

新千年的第一缕阳光西移

照在新西兰查塔姆群岛的

奥喀罗湾　一个白发老头

领着孩子　高声赞颂

毛利人正用欲飞之姿

装扮成鸟

呼唤太阳升起

而太阳正在升起

新千年太阳的初吻

轻落在地球的额际

（2000）

血
疑

有天晚上
他们聊到很晚
好像很冷
光夫给幸子
做了味噌汤
我至今不知道
什么是味噌汤
如何做的
只记得幸子
捧着木碗

喝得很香

患白血病的

清纯女孩

楚楚可怜

我至今不明白

他们为什么

不抓紧时间

做爱

至死没有

或者只是

没有这样的镜头

这就决定了

我中学时期的爱情

光知道爱

不知道做爱

(2000)

血液净化中心

一座单独的小楼
像一张嘴的形状

我知道命在这里
是可以用钱买到的

我的母亲拒绝了
这项交易

作为尿毒症患者

她拒绝透析

拒绝自己的血
在此得到净化

她的信念
朴素而又简单

她说早晚都是一死
她不希望在她死后

父亲变成一个
一贫如洗的穷老头

而我身为儿子的痛苦在于
就算我拼命挣钱

也喂不饱这张
能吐出命来的嘴

（2000）

114

鸽子

在我平视的远景里

一只白色的鸽子

穿过冲天大火

继续在飞

飞成一只黑鸟

也许只是它的影子

它的灵魂

在飞　也许灰烬

也会保持鸽子的形状

依旧高飞

（2000）

原
则

我身上携带着精神、信仰、灵魂
思想、欲望、怪癖、邪念、狐臭

它们寄生于我身体的家
我必须平等对待我的每一位客人

(2000)

父亲将我赶出家门的那天

我的诗在《诗刊》上发表了

我是在骑车途经小寨邮局的

报刊亭时偶然发现了这一奇迹

他们在事前并没有通知我

我不是第一次在《诗刊》发诗

但这是比较难发的两首

一首是《饿死诗人》

一首是《梅花：一首失败的抒情诗》

后来我坐在外语学院后门外

一家简陋的面馆里

手捧当期《诗刊》

有一种登堂入室的感觉

有一种忽然在衙门里

觅到一份差事的感觉

有一种将自己豢养的两条恶犬

放到一群绵羊中去的感觉

我知道这哥俩

将战功赫赫地归来

我手里的蒜已剥好

我要的面已上来

狼吞虎咽

被赶出家门算得了什么

等这碗面一下肚

老子就出名了

（2000）

118

对生活的爱需要被唤醒

那是旧历新年前夕
在超市里
我用推车推着儿子
和采买的各种物品
向前进
儿子嚼着巧克力
快要睡着了
躺在车里
跟个小佛爷似的
所有人都笑眯眯地

朝他看

有那么一个老者

干脆不走了

蹲在推车前看他

然后问我

"买一个儿子

要多少钱?"

他的语气

他的神情

在一瞬间

将春节的气氛

带给了我

我在这一刻决定

要好好过一个年

(2001)

有一年我在杨家村夜市的烤肉摊上看见一个闲人在批评教育他的女人

你是不是看上那个小白脸了啪一耳光

你要是看上他了你就跟我说啪一耳光

你要是看上他了你就跟他走啪一耳光

哭啥呢哭啥呢我好好跟你说话呢啪一耳光

他要是敢欺负你你就来跟我说啪一耳光

是不是占了咱便宜现在又不要咱了啪一耳光

那你去把他叫来我只要他一块肉烤了下酒啪　一耳光

啥你说啥对不起我你没啥对不起我啪一耳光

你跟个穷学生要是没钱了回我这儿拿啪一耳光

你跟他走过不惯再回来咱们接着过啪一耳光

不是不是那你哭啥呢跟他好好过日子去呗啪一耳光

反正你走到哪儿都是我的人儿啪一耳光

哭啥呢哭啥呢你是我的人儿我才打你啪一耳光

滚吧滚吧今儿晚上你就跟他睡去吧啪一耳光

他那老二咋样你明儿一早来跟我汇报一下我还就是不信这帮小白脸了啪一耳光

啥不让我找别的女人你管得着吗你以为你是个什么东西今儿晚上我就找仨啪一耳光

嗨吃烤肉的胖子你看啥呢我教育我女人你看啥呢啪一耳光

(2001)

非关红颜也无关知己

亲爱的
亲爱的
亲爱的
为什么
别人只见我
体内的娼馆
而你总能发现
我灵魂的寺院
并且
听到钟声

（2001）

123

饺子

大年三十那天

他和父亲埋头在地里

干了一整天的活儿

所以他在往家走的途中

记准了蛇年

最后一轮夕阳的模样

回到家中

母亲端上了

热气腾腾的饺子

吃过之后他就睡了

因为第二天

他和父亲还得下地干活

必须这样做

因为他每年的学费

就是（也只能）

从地里刨出来

一位来自

乡村的大学生

在我的课堂上

做口头表达练习时

向大家讲述

他如何过年

在五分钟过程里

他叙述平稳

语调冷漠

只是在说到

饺子一词时

才面露微笑

（2002）

放下了

看见雪山我没有放下
那处女一样的雪山
也没能让我放下
看见黄河我没有放下
天下黄河青海清了
也没能让我放下
放不下
放不下
塔尔寺里有一千盏
酥油灯的神圣

一名紫红大袍的藏僧

抡动着肌肉饱满的大臂

鼓声滚滚而来

震破我缺氧的

心以及灵魂

我还是放不下

只是——

当我结束了此次远行

回到家中

手中的圆珠笔

在笔记本里追踪着

这首诗的时候

一切都放下了

该放下的

和不该放下的

统统被我放下了

（2002）

送君一座小雁塔

大雁塔我留下

同游者登塔去了

在庭院深处

长亭的一角

我四肢摊开

那么舒服地靠着

在《梁祝》的古筝

和由我自己撞响的

不绝于耳的古钟里

可以享受一次

千年的午寐

无梦的小睡

眼前很黑

醒来之时

却满脸泪水

哭的表情

在脸上凝固

我无所哭

一定是什么

那更大的

更高的什么

那更小的

更低的什么

借我一用

用我来哭

(2002)

思念或质疑

在异国他乡旅行

最先思念祖国的

是肠胃

那是从涂满黄油的

第一片面包开始的

明摆的事

如此简单的经验

怎么此前

来过的家伙

就没一个告诉过我

（2002）

交流

在奈舍的湖畔公园里
黑头巾包不住她的美丽
一位荡秋千的阿拉伯妇女

我走近她的时候
她开口和我说话
用的是英语
我听岔了
以为她是在催我远离
催一个无事可能
生非的男人
尽快远离

我正在迟疑

却又听明白了

她的后两句

她是在问我

荡不荡秋千

意思是她可以

让给我玩

我真想走上前去

搭把手

加点力

把这位荡秋千的

阿拉伯妇女

荡得更高一些啊

但想了想

又决定放弃

（2002）

儿子抱着
母亲的墓碑

活到 21 岁的儿子
抱着 18 岁死去的母亲的墓碑

抱着因生他而死的母亲
感觉像抱着自己的情人

我这么做时已经 36 岁
抱着 60 岁死去的母亲的墓碑

如此忘年的情人
男人们都会拥有

（2003）

春风

立春是在三天以后
新年的第一缕春风
已经提前到来——
我是说老哥伦比亚号
航天飞机坠毁的消息
随电波传来时
在我没有悲伤
恰似春风拂面
在中国的春节里
世俗生活深不见底

一个畏惧麻将的人

需要知道

在这世上

从来从来

都有人想飞

并且和他一样

渴望不惧牺牲地飞翔

（2003）

5

一个人

从一条街上

走过

与别的人

肯定不同

因为

在他掌心里

有一个

圆珠笔

留下的

阿拉伯数字

5

(2003)

白衣天使

她们是天使

我知道她们

本来就是天使

并不是在我们

这样叫的时候

她们才是

纵然天使

也会像战士

一样死去

我还是反对
有人把她们
称作战士

以各种名义
杀人的战士
天使不杀人

（2003）

口罩

平常日子

我看见口罩

总想知道

它罩住的一张脸

是美的？

是丑的？

这些日子

当瘟疫蔓延大地

我看见口罩

只想知道

它罩住的一张脸

是哭的？

是笑的？

（2003）

又逢夜半观球时

有人跑着跑着就死了！

让我在默哀中祈祷
让我在祈祷中确信

将来的某一天
未来的某一届

有人死了死了还跑着！

(2003)

汉茂陵石刻记

在这个历史悠久的国度里

最伟大的艺术品也只配

享受末流的待遇

这样正好——

眼前的这些宝贝没有被

运到北京去

罩在玻璃里

而是留在原产地

远处是汉武帝的大坟

近处是霍去病的小碑

比他们更为不朽的石头

被放置在两座长亭里

跟露天放置差不多

这个季节多麻雀

小家伙们飞来飞去

累了就在这些石头的

怪兽头上栖息

并不感到惊恐

长此以往

鸟粪——不同年代的

鸟粪便成了这些

大巧若拙的石刻上

唯一的图饰

美丽的花纹

(2003)

西施兰颂

我要高声赞颂

此种夏露

此种汗臭灵

此种滴液

我是它二十年

以上的使用者

它使我天生的狐臭

得以控制

不得远播

很好地起到了欺骗

一般群众的效果

让他们以为

我和他们一样

都是香喷喷

至少是无味的

（2004）

切·格瓦拉叼着雪茄

谈笑风生的样子

出现在城中心

一个巨大的广告牌上

我们的商人已经长大

开始告别"做女人挺好"的小机巧

懂得了要以理想主义的嘴脸

去掏理想主义者的腰包

是一种更优雅更时尚也更高级的玩法

我和儿子碰巧从下面经过

儿子问我：这人是大老板吧？

我想了想

回答他说：

是大老板

但是没钱

（2004）

今天是你的生日
我的老婆

有人唱

人世间最浪漫的事

照我看

是最实在的事

就是和你一道

慢慢变老

老成两只老猴子的时候

盘腿坐在床上

就当是在树上

相互挠痒痒

有虱子的话

还可以捉两只尝尝

老婆子

你那长长的

缠在我脖子上

三圈不止的玉臂

已经枯干如柴

却是我一辈子

也享用不够的

人骨牌老头乐啊

（2004）

途中

车子沿额尔古纳河蜿蜒前行
河之对岸就是俄罗斯

车子沿额尔古纳河蜿蜒前行
你感觉那著名的俄罗斯大地

像一群忠诚的人狗跟着你

（2004）

白桦生北国

树上有疤
仔细看
那是
万人之疤
不知道有谁

树上有眼
仔细看
那是
一人之眼
你知道是谁

（2004）

在美国使馆遭拒签

整个上午

一百个人挤在一个不大的厅里

像挤在一条偷渡船的仓底

在等待签证的百无聊赖中

一个学芭蕾的美少女

成为全场的最大姣点

在与签证官见面之前

我已经有点底虚了

我怎么瞧着被签的人中

几乎没有青壮年的男人

有那么两个

一个是带着老伴的老头

一个是个头够不到窗口的侏儒

美国怕了

真的怕了

他们现在怕男人

大胡子的签证官

他未加丝毫考虑

坚定不移地拒签我

难道是猩猩惜猩猩

他一眼便瞧出了我眼中

深藏不露的杀气

移民之嫌

有此迹象乎

大唐李白想要移民波斯

你他妈甭跟老子开国际玩笑了

在我扬长而去之时

那个学芭蕾的美少女

也被另一窗口的黑女人拒签

她真是快乐得像只欲飞的小鸭子

欢叫着离开此地

"——准儿是她父母逼着她去美国……"

队伍里有人做出了正确的判断

（2004）

父亲的爱，父亲的诗

爱子如命啊

我爱子如命

亲爱的儿子

当你长大之后

发现父亲

打你小时候起

引导你吃的食物

虽然未必好吃

却都有着壮阳的功效时

你不必太过感动

父亲的爱

父亲的诗

就是这么具体实在得

有那么一点儿伟大啊

（2005）

1972 年的元宵节

一个孩子
一个和我一样大的孩子
提着一只红灯笼
在黑夜之中跑过

我第二眼
又看见他时
只见他提着的是
一个燃烧的火团

那是灯笼在燃烧

他绝望地叫唤着

仍旧在跑

在当晚的梦中

我第三次看见了他——

变成了一个火孩子

在茫茫无际的黑夜中

手里提着一轮

清冷的明月

在跑

（2005）

爷爷 姑妈口中的

他在喧嚣的红尘中
他在时代的暗夜里
忠实于自己的内心
做着他的家训
为自己的后代
当好先知
他说：我们家的孩子
都是比较笨的
不善于和人打交道
那就与天与地为友
并在天地之间
安放自己的追求

(2005)

158

也许是因为没有

站在上帝面前的习惯

我们也就不会

站在死者墓前

垂首默哀

念念有词

哦！这就是我们中国人

我不骄傲

但很自在

清明节这天

雨过天晴

我和我的家人

围坐在

庭院一般的

先祖的墓园里

就像在家庭的晚宴上

那样正常地说话

仿佛他们都还活着

听得见

并且以沉默作答

献上的供果

最后被孩子吃掉了

据说这会有福的

清明

对我们中国人来说

是用来郊游和踏青的

春天的节日

和漫山遍野的

鬼魂一起

（2005）

盲
道

我知道盲道的存在

没几年——几年中

我从未在盲道上

看见过一个盲人

（他们戴墨镜吗）

也没看见过

一个明眼的人

冒然走在上面

盲道以外

全都是人

熙熙攘攘

密不透风

空出这黄色盲道

看似无用的

真空隧道

却是条条大路的

动脉血管

（2005）

酒桌上的谎言

春节期间

与老友聚会时

酒酣之际吐出的话

被他们当了真

我说："我在三十岁以前

已经过了美人关

我在四十岁以前

已经过了名利关

我争取在五十岁前

把生死关给丫过了

老子连活都不怕

还怕死吗"

我的朋友们

把我的话当了真

就敬着我这个人

其实我对他们撒了谎

其实我一关都没过

（2006）

春天的乳房劫

在被推进手术室之前
你躺在运送你的床上
对自己最好的女友说
"如果我醒来的时候
这两个宝贝没了
那就是得了癌"
你一边说　边用两手
在自己的胸前比划着

对于我——你的丈夫

你却什么都没说
你明知道这个字
是必须由我来签的
你是相信我所做出的
任何一种决定吗
包括签字同意
割除你美丽的乳房

我忽然感到
这个春天过不去了
我怕万一的事发生
怕老天爷突然翻脸
我在心里头已经无数次
给它跪下了跪下了
请它拿走我的一切
留下我老婆的乳房

我站在手术室外
等待裁决

度秒如年

一个不识字的农民

一把拉住了我

让我代他签字

被我严词拒绝

这位农民老哥

忽然想起

他其实会写自个儿的名字

问题便得以解决

于是他的老婆

就成了一个

没有乳房的女人

亲爱的，其实

在你去做术前定位的

昨天下午

当换药室的门无故洞开

我一眼瞧见了两个

被切除掉双乳的女人

医生正在给她们换药

我觉得她们仍然很美

那是我已经做好了准备

（2006）

晚景

小时候我猛地一吸
嘴唇上边的鼻涕虫
就没了

我发现
随着年龄的增大
人对鼻涕的控制力
越降越低

于是我明白了
那个在泡馍馆里
坐在我对面的老头
他在吃泡馍的时候
鼻涕不由其控制地流到碗里头

正是明日的我

（2006）

从楚回秦

我体会到了

一个秦人从楚国

回到秦国之后的感受

关中平原的麦子已熟

差一点点就错过了收割

他从地里头拣起一株

颗粒饱满的麦穗

凝视着麦穗

想念起能写一手绚烂楚辞的

屈原和宋玉

编钟在耳边

杂乱地敲着

（2006）

170

崆峒山小记

上去时和下来时的感觉

是非常不同的——

上去的时候

那山隐现在浓雾之中

下来的时候

这山暴露在艳阳之下

像是两座山

不知哪座更崆峒

不论哪一座
我都爱着这崆峒

因为这是
多年以来——

我用自己的双脚
踏上的头一座山

(2006)

此诗属于宁夏回族
诗人马茹子

你来自六年不下一滴雨的同心

兄弟，我记得你在会上发言说：

当地的婆姨担水时

看见水桶里的水滴

掉落在地

竟会情不自禁地

发出哎哟一声

心痛的叹息

……

兄弟，今天你来了信

173

发来了咱俩在老龙潭
极富质感的石崖前的合影
你在信中说：“很高兴！
下了一夜大雨！
山区人民有水吃了！
愿真主护佑他们！”

（2006）

县医院的拖拉机

县医院的病房里

突突突地开进了一台

手扶拖拉机

那是被陪护者甲

硬生生强指成机器的一个

人——中年农民患者乙

甲指着乙

对探视者丙说：

"他这台拖拉机呀

所有零件全都坏球啦

左右两肾全都长瘤

心也坏啦肝也坏啦

前列腺也有毛病

所有零件全都坏啦……"

"谁叫他不看病呢!

他这一辈子

好像从来

就没看过一次病"

丙摇摇头

叹口气

望着乙说

乙靠在床头

表情像笑

其实是不好意思了

他还顾不上怕死

只是为生病而羞愧

憋了好半天

终于说出话来——

"丢人哩!

俺这台拖拉机就快报废啦!"

（2006）

高峰体验

半个舌头麻醉了
是钻牙时为了解除痛苦
注射进牙床的一针麻药
捎带着麻醉了半个舌头

仿佛在朝鲜半岛上
强行画出的那条三八线
将一国分成两半
一半麻醉一半痛苦

甚至激我想象出

池塘里最后一条泥鳅

被人类用麻醉枪

射杀时的惨象

走出口腔医院以后

受了大罪的我想安慰一下

我那无辜的舌头

就摸出一支烟来抽——

烟草的香味被享用了

只属于半个舌头

另一半好似麻木的焦土

任凭硝烟滚滚而过

(2007)

暖冬之夜

等雪

等得心痒痒

抬头

瞧见白月亮

(2007)

海南岛

那一枚椰子
漂浮在海上

天空的情人
俯首的白云

啜饮着
他的心

(2007)

心，还是心

不到荷兰你不会知道
凡·高画得究竟有多像
不是不像而是就是
俗人的眼看不到这一点
是因为他们看任何事物
都不是用心在看
更看不到别人的心——

凡·高所画的荷兰是有脉搏的
我看见画框都在扑扑地跳啊

（2007）

182

我的神赐我以暴雨的启示

终于到达了江油

也就到达了李白故里

我来了

带着《唐》

我想李白应该显灵

在李家的堂上

当一只黑脚蚊子

停在我的胳膊上

准备大吸我血的时候

我想：难道这就是李白？

不管是不是
想吸就吸吧
不管怎么说
不是李白
也是李白家的蚊子……

这样想着
屋外电闪雷鸣
暴雨骤降
在屋檐之下
形成一道密不透风的水帘
李白的塑像
就坐在水帘的后面

我想起上月在荷兰
在见到凡·高之前的
那场突如其来的暴雨

哦！我的神

为什么都喜欢显灵为雨

一场暴雨

此中有大启示

在我一步跨出

李家大院的那一刻

暴雨骤歇

百步之内

天已放晴

来到停车场

问那管理员

说这里不曾下过半滴雨

地面果然是干的

唯有赤裸裸的阳光躺在上面

（2007）

185

授课

"中国文学史
是一部贬官的花名册
和不得志者的难民营
由是推之
今天在我们眼前
晃来晃去的这些角儿
将无法构成
明天的历史……"

话说到此
讲桌上的麦克风被震哑了
而教室里的灯一盏盏亮了

空旷的教室——没有人听

（2008）

在场者诗

长安城中过

举头望天空

大师像超人

未长翅膀也能飞

哦！这就是唐朝

长安城中过

平视看众生

形容枯槁

目不识丁

哦！这也是唐朝

(2008)

187

青城山破了

那是在已逝的世纪黄昏

在青城山的溪水边

我与一个开始谋求

成为当代国师的复古派诗人

触景生情地谈及杜甫

他吟："国破山河在"

我跟："城春草木深"

哦！足下小溪清如许

我俩形同知己

亲如战友加兄弟

九年时光像溪水流淌

现如今物不是人已非

情义破了

青城山破了

情义破人在

山河破国在

国与山河俱破

人何以堪

拿什么在

莫慌莫慌

就学那屈子

手握绚烂楚辞

不朽华章

凭诗而在

但却没这么简单

这就要看看

上下求索大灵魂

究竟是长在谁的皮囊里

（2008）

肾斗士

一

那个两度换肾
又进了两个球的
克罗地亚球员
在中国的媒体上
被唤作"肾斗士"

哦！伟大的汉语
一次性地展示了
它非凡的消化力和创造力
不单单存在于古代的典籍

二

肾斗士
带着父亲的肾脏
满场飞奔
身上奔涌着
父辈的血液

我不了解克罗地亚——
这个独立未久的国家
但又像是了解了——
它有一个肾形的灵魂

（2008）

带儿子去行割礼

香蕉该剥皮了

牛牛该露头了

儿子该成人了

身为一名父亲

我所能做的是

把他带到此刻

如教堂般圣洁的医院

去行一次庄严的割礼

请求自己的好友——

一名主治医生屈尊下驾

再干一把实习生的活儿

割出一个符合国际标准

具有全球化意味

能够出席奥运会

并加入 WTO 的漂亮阳具

（就像前阵子

艳照上所见的那具）

用片刻的痛苦

换取一生的幸福

（2008）

第三辑

飞越太平洋

草坪

这块绿色的草坪
有生命也有死亡

倒不是
停在上面的除草机
提醒着我们
草儿在疯长

是玉色蝴蝶
在翩翩起舞
一只将另一只
追逐

宛如一面绿色旗帜上
掠过两块纷飞的弹片

（2010）

世界的角落

一个人

面对一堵墙

踢球

射门练习

踢到酣时

猛然想起

小时候

父母单位里

那个踢球最好

教我最多的叔叔

已经不在人世了

去年春天

父亲去火葬场

参加的追悼会

不就是他的吗

这时候

我这个无信仰者

条件反射般

在胸前画了个十字

表面上看

像是在模仿

球星的动作

然后踢得更猛了

（2010）

挑战

在德国女作家余蒂娜的博客里
在她游历伊朗所留下的
几篇文字中
我注意到四个字
是她对该国及其人民的评价
——"善良轴心"!
是对话语强权的挑战
微末如离离原上草
能点燃夜空的闪电

(2010)

冬至

那时我正在写作
忽然怔住了
那是听到一种
有节奏的敲击声
自楼上传来
哦！我听得分明
那定然是
楼上独居的
孤寡老人
在剁饺子馅
我的胃泛起
温暖的潮水
这座冰冷的新楼
像个输液的植物人
在打击乐里
恢复了记忆

（2010）

辋川

高速公路路牌上
刚一出现此地名
便见有人
头戴斗笠脚穿草鞋
横穿而过
便听有人
声泪俱下一声高呼：
"王——维!"

（2010）

金
丝
峡
传
说

相传李白乘鹤西去

托身为天马一匹

无不思念着

长安与秦岭

便踏空而来

跑到酣时

身上冒出莲花云

淌下墨汁汗

好一匹汗墨宝马呀

其中一滴

滴落在秦岭南麓金丝峡

这一块凸起的山崖

以上传说

乃李白传人伊沙原创

沙于庚寅年暮春某日

攀上此崖

信口诌来

分文不取

传于后世

（2010）

宗显法师是个有智慧的人

他应要求讲述

自己当年出家的往事

像在写一首诗

一首口语化的现代诗

那黄昏的寺院

僧侣们的晚课

让他感觉到幸福

那身上世纪 90 年代初

还十分稀罕的白西装

决绝地自剃

一头摇滚青年的长发

充满细节的人性叙述

令我怦然心动

而真正让我见其智慧的

是他对一位自称

正徘徊在基督与佛陀之间的

女士的回答："信基督吧!"

（2010）

春天发情的死神
披头散发闯进邻家
开一场死亡的假面舞会
向我发来樱花请柬

我承认
我纠结于世仇
在魔鬼面具
和天使翅膀之间
徘徊良久

哦！戴上魔鬼面具
我心也不是魔鬼
安上天使翅膀
我就是天使飞翔

（2011）

春

公车站上
并肩站着两名
双胞胎美少女
其中一个
小脸气得通红
冲另一个骂道
真像在骂自己：
"你竟敢冒充我
去和他约会
太不要脸了！"

满街的桃花开了

（2011）

山美
太阳点亮灯盏的青山

水美
水草长袖善舞的绿水

人美
木槿花开庭院的少女

有鬼
江岸上垂钓者

钓到一条大鱼
正在大口生吃

（2011）

最好的发言

美丽的

在国家电视台做主持人的

摩洛哥女诗人

法蒂哈·莫奇德

她的行李在巴黎转机时

不慎遗失了

她在发言中

提及此事

用好听的阿拉伯语说：

"这是中国

古代的先哲

在启示我：

丢掉的多余行李

不过都是身外之物！"

(2011)

小舅子

小舅子

房产商

我当年的粉丝

出口成诵《车过黄河》

我当年的支持者

即使在他爹反对他姐

嫁给我这个汉族青年的当年

他也坚定地站在我一边

国庆回去省亲

见到这位老总

正读我的长篇

《士为知己者死》

喜欢得不得了

喷着满嘴酒气

劝我说："姐夫

你就专心写小说吧

别写什么诗了

你现在的诗

没激情

除非你跟我姐

离婚"

（2011）

老丈人

我很内疚

去年他老人家

脑溢血突发

我都没有回来

（忙是永远的理由）

现在只能探望

带着后遗症的他

我在半夜到家

直奔他床前

叫了一声："爸!"

他伸出青筋暴露的双臂

用双手紧握我的双于

眼中闪烁着千言万语

口中只吐出两个字：

"稀——罕!"

（2011）

驱车向前

我喜欢

在夜幕降临时

抵达并进入

一座城市

不论在异国

还是在祖国

赴他乡还是

回故乡

(2011)

蒸螃蟹

戴上有刺的胶皮手套
将四只横行的螃蟹
——抓进铝合金蒸锅
坐上凉水
打开煤气
我便逃也似的
撤出了厨房
还将厨房拉门
拉得死死的

生怕有一丝声音
传出来
来自蒸锅里的螃蟹
来自螃蟹腿挣扎着
划过铝合金蒸锅

那是一种可怕的声音
比用手指甲划玻璃
更要人命

十分钟后
我回到厨房
关掉煤气
揭开蒸锅
好香啊
我将四只一动不动的螃蟹
——夹到盘子里
端上餐桌

吃饭时
儿子发现："螃蟹腿
都是断的
正好不用掰了……"
我的手哆嗦了一下
像被螃蟹钳夹住了

（2012）

在古人画的地图上

岛被画成山的样子

波浪线代表海

古人画的地图

像孩提时代的

小人书

令我会心一笑

不再咬牙切齿

（2012）

懂 得

在大理
在洱海边
当彩云抚平我们
被风吹乱的头发
一个女人
对另一个女人说：
"他写了那么多
他的眼睛
却很清澈……"
我知道
她们在说我
但装作
没听见

（2012）

木棉花开

你说木棉花

快要开了

我没有当回事

我以为在南国

春天永驻

万木常青

好花常开

随后

我便亲眼看到

木棉花开

大地之上

河道之侧

绿色之中

那人间的画板上

调制不出的红啊

热烈的忧伤

性感的寂寞

（2012）

三只打火机

到达拉萨头两天

我先后买了

两只打火机

一只上贴罗本

一只上贴梅西

都不好使

差一口气

在这雪域高原

在这世界屋脊

连打火机

都有高原反应

连足球明星

都熄火了

但是第三天

我们登上布达拉宫

然后下来

在它下面的

小商店里

买的打火机

却没有任何问题

它的上面

贴着活佛

（2012）

罗浮山

神不在庙里

神是坐在观光缆车上
吹肥皂泡的小女孩
神是飞向层峦叠嶂
小太阳般镶金边的泡泡

神是半山坡的小店里
泡在药酒里的老鼠崽
是泡了一年揭开瓶盖后
一口把人咬死的不死蛇精

装神弄鬼的人心中没有神

（2012）

三门岛

我每登

一座岛屿

为什么总有种

已经来过的感觉

并非在前世

就是在今生

恍若在昨日

(2012)

远
方

夕阳，火红的蛋壳
飞机，破壳而出的
一只只火烈鸟……

如上画卷
是去年夏日的一个黄昏
我低头吃着上海大馄饨
猛一抬头透过浦东机场
候机厅的大玻璃窗
所看到的……

哦，当时我刚从长安飞来

在等一位上海的友人

从城里赶来与我汇合

然后一起飞向

遥远的巴尔干……

我知道：是远方

让眼前景物也美丽起来

并让我在一年后的此刻

还能猛然想起

（2012）

白雪乌鸦

北京，铁狮子坟的早晨

刚下过一夜的雪

我脚踏一片洁白

朝着校园深处行进

忽然间

扑楞楞几声响

一个飞行小队的乌鸦

落满我脚下航母的甲板

哦，白雪乌鸦

仿佛上帝的画作

让我搓着手

呵着热气

准备将它卷起来

带走

(2012)

湿地

沿着公路

驱车向前

来到这片湿地

那是黄昏时分

夕阳正在离去

清风徐徐而来

我们中间

有位少女

把脚伸进小河里

撩起水花，说：

"怎么办?

我爱上了一个人！"

我们中间

有位少年

仰面躺在草甸上

吹着口哨，说：

"等我死了

就把我葬在这里！"

（2013）

台湾的灵魂

在台北

一家面包房

在卖蒸馒头

看得我

眼热心跳

紧咬牙关

不去问导游

为什么

我怕他

答得不到位

（2013）

纸

来自祖国大陆

五湖四海的诗人们

来到广兴寮纸厂

将他们各自带来的

珍贵礼物——

树叶、花瓣、枯枝、泥土、手稿……

汇聚在一起

亲自动手

用原始的工艺制作一张纸

然后把这张附有心愿的纸

带到佛光山

敬献给星云大师

当构成这张纸的上述元素

被一一报上名来

只有一个元素

令在场的僧侣、尼姑、佛学院学生

发出"哇——"的一声尖叫

那个元素

是我爱子的一绺胎毛

（2013）

即景

衣柜顶上
一双
颓靡的
肉色丝袜
膨胀起来
灵魂之足
开始行动

(2013)

二泉映月

三年前的夏天

我和儿子

常在小区的空地上

踢球

一个十岁左右的

小男孩

老是跑来参与

他是小区看车库的

老师傅的孙子

说话有点大舌头

那个火热的

属于世界杯的夏天

我们因为疯狂踢球的行径

被人一连投诉了两次

也就不再踢了

三年后的夏天

我总是独自一人

头顶烈日

在小区的小径上

绕圈暴走

"你你你

怎怎么不踢球了？"

有人大着舌头问我

我才认出是那孩子

他长大了三岁

我才看出是个傻孩子

"你在哪儿上学？"

"我我我……不上学"

235

到了晚上

小区闷热的夜空中

响起了生涩的二胡声

依稀能够听出

是瞎子阿炳的

《二泉映月》

除了我

大概无人知晓

是这傻孩子拉的

他在地下车库顶上

跟随爷爷学艺

(2013)

一个杀人犯在我脑瓜里
待了三天

他是个农民

在本村杀了

一家四口人

连夜潜逃

沿村边小河

一路逃窜

只走河堤

进入大河流域

沿着大河

继续前进

237

如此线路

让他躲过了

警方所有设卡

四面八方

围追堵截

一个月后

来到海边

眼瞅大河

没入大海

那是他此生中

初次见到大海

是黄的

不是蓝的

感觉特没劲

徘徊了一整天

他跳海自杀了

(2013)

黑暗中的预言

——致维马丁

大约二十多年前

那一定是

我文学生涯中

最黑暗时刻的抱怨

带着不平与无助：

"怎就没有翻译家

看上我的诗？"

"急什么？"妻说

"你的翻译家一定是

你的同龄人

他们现在和你一样

还在黑暗里……"

（2013）

张楚演唱会

全场数千观众中
我只注意到她一个——

一位少妇，扁平的脸，并不漂亮
个子不高，衣着干净，独自一人
手中举着一面小小的
小小的朝鲜国旗
她小小的躯体随着摇滚的音乐
轻轻地左右摇晃
她的神情无以名状

台上歌手（我的朋友）引吭高歌
《上苍保佑吃了饭的人民》

（2013）

腊八节

"各住户请注意

请到小区广场领粥

不用带碗带盆

物业给大家备了桶……"

那时我正在写作

楼下有人叫起来

声音从电喇叭里传出

升到我九层楼高的窗外

像霾一样悬浮在那里

我啥都没有想

撂下手里的活儿

穿上裤子和外套

下楼领粥去了

来到小区广场

见已排出长队

我在队尾排了五分钟

发现不对劲

全是老太太

（连个老头儿都没有）

在冬日的寒风中

我赶紧朝回跑

但是——晚了

这是腊八上午的事

妻的电话中午打来

从她单位：

"你就别丢人现眼了

有人已经打电话给我了

说你跟老太太一起排队

等待施粥……"

（2014）

人民

下午散步时间

我从丰庆公园东门

走出

看见马路边有个少妇

支在单车上打手机：

"喂，陈园长

你只要把我娃收了

我在五万赞助费之外

再给你个人一万块

咋样？……"

在其身后

单车后座上

坐着一个

三四岁的小男孩

我沿路向前走过

一段路之后

在夏日午后

暴晒的阳光下

有点想哭

不是出于心有感动

而是因为不为所动

见惯不惊

习以为常

我想向我也身在其中

逆来顺受忍辱负重的

伟大人民

致敬

（2014）

德令哈

黄昏时分
漫步小城

在高高的古楼下
一户汉族人家
在打羽毛球

城中心的广场上
一队藏族大妈
把锅庄搬上舞台

"北京的金山上……"

晚霞落满商业街

两个蒙古族少女

一个丰满

一个高挑

"这不是雨水中

一座荒凉的城"

同行的诗人说：

"恍若静谧安宁的

北欧小镇……"

"把自己内心的

悲痛与荒凉

强加于一座城的

绝非大诗人

而是学生腔"

我说：

"很多时候

欧洲之美的掌故其实

已经配不上中国大地上

某些绝美的角落……"

这里城市空寂

人民安闲

叫人不忍打扰

我生怕那从高音喇叭里

爆出的充满暴力情绪的

歇斯底里的抒情：

"姐姐，今夜我不关心人类，我只想你"

惊扰到他们……

那蹲在巴音河畔烧纸钱的妇人

就是"姐姐"吗？

诗人们

请不要自作多情

巴音河奔流不息

（2014）

飞越太平洋

从中国到美国

从北京到底特律

我以为会飞越

辽阔太平洋

但却发现

我所乘坐的飞机

基本上都是在

陆地上空飞行

从北京向东北飞

在哈尔滨上空

我看到一片灯火

继而进入俄罗斯

飞越外兴安岭

飞越堪察加半岛

飞越白令海峡

（唯有这窄窄一绺

是在海上飞）

进入阿拉斯加

（就算进入美国啦）

飞越科迪勒拉山系

进入荒原连天的加拿大

然后转向东南飞

很快便降落在

绿草如茵

别墅如麻的底特律

听说从前

原本居于蒙古高原的

因纽特人

就是沿着这条路线

最终抵达美洲的

（2014）

在伯灵顿的森林中

在伯灵顿的森林中

（这座城市

就坐落在森林中）

每一棵参天大树上

都上蹿下跳着

一只小松鼠

吓了我一跳

又吓了我一跳

反反复复

不停地吓我一跳

起先我是为它们的

突然出现而受惊吓

后来我是为它们

根本不怕我

而感到害怕

（2014）

在天涯

紧抱不放啊

祖国

在电脑里

（2014）

若有所期

每逢岁末

我都若有所期

却不知

在期待什么

好像没有什么

那就是在

期待时间吧

期待它的

流逝与新生

(2014)

越南风景

送来大米和大炮的
什么都没留下

还有送来炸弹的
也不曾改变什么

只有——
送来文字、咖啡和教堂的
留下了文字、咖啡和教堂

（2015）

听音乐会

理查德·斯特劳斯的

《随想曲》

听得我想哭

最后热泪盈眶

马勒的《大地之歌》

听得我想跑

在蓝天下裸奔

贝多芬的四段华彩乐章

像巨人的四只大手

掌控一切

攥碎我心

又像巨人的脚趾

从天而降

踏过我身

(2015)

想起一位故人
在匈牙利

来到匈牙利

走在肖普朗的

大街小巷

惘然想起

一位故人

已经故去 20 年的

诗人胡宽

1991 年的某天晚上

在他家里

他满面红光

目光如炬对我说

他想去匈牙利

那里的人民

整天介拉着手风琴

唱歌、跳舞、读诗

浪漫极了

幸福极了

不知他是听谁说的

回头看

那一年

那个国家

正在经历

巨变后的阵痛

俱往矣

今天我来到这里

没有看见一个人

唱歌、跳舞、读诗

但我能够感觉到

这里的人民

已经过上了

自由、安宁、富足的生活

足慰故去多年的故人

（2015）

世界的歌声

从维也纳乘火车一小时

便来到斯洛伐克首都

布拉迪斯拉发

走进一家

工艺品专卖店

店里播放的是

鲍勃·迪伦

哦，马丁

可还记得去年秋天

佛蒙特枫叶红了

我们在强生小镇

常去的那家酒吧

永远在放

鲍勃·迪伦

歌声将我拉回过去

也让我意识到

这里是世界的一部分

（2015）

多瑙河之波

谁说不能两次

踏入同一条河流

我在维也纳

遇见多瑙河

在布拉迪斯拉发

又遇见了

一样的宽阔

一样的浩瀚

一样的奔流

一样的不息

一样把我拉回到童年

船上的警报拉响了

多瑙河面上

漂浮着一颗颗

神秘的水雷

我的船长

我的英雄

脱了衣服

跃入河中

将其一一推开

（2015）

读我诗的故事

梅丹理先生讲述他当年初

在青海听我的首位英译者

那是在 1994 年

我从美国飞到那里

在一座修道院里

给人做翻译

翻译佛经

在那里住了三个月

就在我快要住不下去的时候

严力从纽约给我寄来

你刚出版的诗集《饿死诗人》

那时我已经厌倦了佛经

连夜读你的诗集

感到大千世界

滚滚红尘

人间烟火

如此美好

次日一早

我就卷铺盖下山了

(2015)

重回鲸鱼沟

整整三十年过去
我忽然回到这里
回到高考那年的夏天
我和几个中学同学
一起游过泳的
鲸鱼沟

墨绿色的深潭
潭边山坡上
那一片北方罕见的竹林

甚至于头顶上的

蓝天白云

依旧

只是那一条

一路跟着我的黄裙子

早已不见

"我的青春小鸟一去不回来"

三十年过去了

那一直飘荡在我心中的

竹林间的黄裙子

像一面风信旗

唤醒我：

"你是否也同样珍爱着

那些追随你一路前行的

可爱的灵魂？"

（2015）

上海的天空

到达上海的头天下午

在社科院

开了一下午研讨会

晚餐时进了另一幢楼

进餐过程中

我上了一回厕所

从厕所的窗子

看见上海的天空

正值黄昏

夕阳西下

红霞满天

那是不一样的天空啊

我的母亲

望着它长大

如今已经与它

融为一体

（2015）

信号

车入芭提雅

微信上

附近的人

全变成妖

（2016）

新加坡之诗

导游阿燕说：
"1965 年，李光耀先生
含泪宣布新加坡
脱离马来西亚联邦
从此独立……"

我怎么听
都像是
一句史诗

（2016）

南
洋

在南洋
橡胶树在夜里
默默流泪
这幅画面
从小到大
一直存在于
我的脑海中
但直到今天
我来到这里
才敢把它
写成诗

(2016)

地球毁灭了

人类移居外星球

我是幸运的

最后一批撤离者

当我们到达那里的时候

发现先我们到达的人们

住在一座超级大赌城里

有人朝篮筐里

投掷地球仪

我告诉他们地球

已经毁灭的消息

他们哈哈大笑

弹冠相庆

原来所有的人

都为地球——

他们家园的

毁灭下了注

现在他们赌赢了

（2016）

天涯海角

不知为什么

每当我触及

"天涯海角"这个词

想到的全都是南洋

而不是西洋

更不是东洋

现在我来到这里

心有沧桑

常有泪涌的感觉

相伴

(2016)

老人院

早春广袤荒凉的原野
被污染的海浪汹涌着
一座五颜六色的孤岛
上帝遗弃的童年积木

（2016）

球圣祭

当圣克鲁伊夫的生命

像一支万宝路香烟般

燃烧成一截灰烬

球迷们献上郁金香花环

还有五颜六色的棒棒糖

（2016）

祖国

女诗人西娃说

她注意到

我在诗中

爱用"祖国"一词

每当我用

她就感到很酸

后背直起鸡皮疙瘩

唉！这帮抒情诗人

首首犯酸

句句犯酸

字字犯酸

无酸不欢

怎么在此处

好像又怕酸

抒情让他们错乱了

"祖国"是碱性的

（2016）

参透苍蝇

不知何时从何处

飞进来一只苍蝇

骚扰了我的午睡

满屋子找苍蝇拍

没找着

干脆直接用手拍

拍不着

后来我想起一妙招

干脆拉开纱窗睡觉

很快再无骚扰

小样儿

我不是洞悉你

放荡不羁爱自由

而是参透你

追腥逐臭欲无穷

世界那么大

还有更臭的

（2016）

冰岛

那是 14 年前

我首次出国

去的是瑞典

在奈舍国际诗歌节上

见到一位冰岛女诗人

她在台上朗诵

像在床上

在男人身下忸怩

发出的声音

是性感的呻吟

她在诗中写道：

"在冰岛的极夜

一个女人

将一只灯泡

塞入阴道……"

把同去的

中国下半身女诗人

震翻了

除了登台亮相

她不与任何人交流

总是形单影只

幽灵般飘过

仿佛她的国家

在地图上的样子

一块海上的浮冰

（2016）

事实的诗意

三八线

不是一条线

它有 4 公里宽

韩国、朝鲜划定的

非军事区

60 年过去了

成为世界上

最成功的动物保护区

(2016)

随笔·诗话

饿死诗人，开始写作

口语诗论语

饿死诗人，开始写作

——诗集《饿死诗人》跋

"饿死诗人"的时代正在到来。

这时代给我们压力，"压"倒的更多是坏的东西。遗老遗少们在感叹和怀恋……

从来就没有过一个文学主宰的时代。凭什么非要有一个文学主宰的时代？

有些人讲的"汉诗"是否真的存在？"汉诗"和"纯诗"正在成为一种借口和企图。

我在写作中对"胎记"的敏感，竭力保留在对自己种性中劣根的清除。"人之初，性本善"，我在诗中作"恶"多端。

意象和隐喻内在的技巧规律，使我同胞中绝大多数同行找到了终生偷懒的办法。这种把玩，与在古诗中把玩风花雪月异曲同工。

到处是穿长袍马褂的"现代派"和哭错坟的主儿。口语被用来讲经。

把语言折腾成"绝词"，不是才能的表现。把一首诗写得"像诗"是失败的。"诗"和"诗的"是两码事。

没脾气的人，被认为是"纯粹的诗人"。"心平气和"成为一种风度——太监风度！

我看到邪念丛生、冠冕堂皇，想当"大屎（师）"是最致命的邪念。

大师永远是过去时的。一座墓碑上面写着"致此为生"。

在细节上作永久性停顿再节外生枝，是我们祖传的毛病，根深蒂固。

中国人真是"嘴上说的与手上写的不一致"的那种人吗？

必须抛弃鸡零狗碎的玩艺！让诗歌进入说人话的年头。压力不是坏事。

站在原地思考诗歌的"终极意义"是无聊的，到尽可能远的地方去。 到极端上去。

　　诗歌进入后现代，也仍然是和灵魂相关的东西。

　　诗歌是智力的，也是体力的。

　　在今天，诗歌和艺术是自我解放的最佳方式。

　　无法像人一样生活，但可以像人一样写作。

　　如果叛逆是气质上的东西，我对之迷恋终生。 我不知道反对谁，只知道要反对。

　　举头望天不代表你就能飞起来，锅碗瓢盆也不是真正的"平民意识"。

　　所谓真实需要对真实的想象力。 口语不是口水和故作姿态。

　　从"形而下"到"形而上"是一个过程。

　　我已"自在"，您认为我在"反讽"，我认为我在"反反讽"。

　　我不是在"改写"着什么，我是在"写"。

　　"玩"从来都是严肃意义上的，是写作的至高境地。有人永远不懂。

　　后现代首先是一种精神，一种人生状态。 无章可循，无法可法，它排除不"在"的人，所以有人害怕。

有就是有，无就是无。不存在"有多少"。

在写作中"淫乐"，玩得高兴，别无替代。

我不为风格写作，风格在血液里。

割舍掉这个时代正在发生着的一切是愚蠢的。在这最后的居留地，逃绝没有好下场。您又能"隐"到哪儿去?

"写什么"仍是重要的，因为对你所看重的"写"来说，很多事无关紧要，都是皮毛。

甭扯"世间一切皆诗"，在最容易产生诗歌的地方——无诗。

把瓷器打磨光滑的活计，耗费了多少中国诗人的生命。让石头保持石头的粗砺或回到石头以前。

把诗歌搅"活"。

走向后现代之路同样是"追求真理"之路，但它可能不是有人说的那个"理儿"。

后现代已不"先锋"。进入不了后现代就是进入不了当代。

到语言发生的地方去。把意义还原为一次事件。

我写我现在进行时的史诗——野史之诗。

一首具体的说人话的诗。

我不为"人民"写作，但我不拒绝阅读。

我没有耐性去等某些人的观念跟上来。 我相信我的诗同样会对他们产生效果。 起码是生理上的效果。 我不拒绝误读。

诗人和国王并举的时代是糟糕的时代。

多么来劲！诗歌与人们"柏拉图"式的相处了很久之后，正欲"施暴"！

"饿死诗人"的时代正在到来。 真正的诗人"饿"而"不死"！

也许，"后"不"后现代"是次要的，我只想满足我自己也给你一个刺激！

1993

（首发于《饿死诗人》1994 年 3 月，中国华侨出版社出版）

口语诗论语

在外国文学史上，似乎从未有过以"口语"来命名诗歌的先例，人家见惯不惊，诗歌的"口语化"是个渐变的过程（原本就不是极端的书面语）。我们则不同，完全是突变，是长久一成不变后的突然变化，一下子"白话"了，一下子"口语"了，既惊着了自己，也成为世人眼中一个强大的特征，不以此命名连自己都觉得不对。

"口语诗"自20世纪80年代初出现，这个集体命名一直强大地存在着，不管你诗歌理论界认不认，大家在口头始终这么叫着，譬如在"盘峰论争"后，与自称"知识分子写作"一方对立的另一方已经被舆论冠名为"民间写作"了，诗人们在私下里谈论此事件时还是更习惯于把他们称作"口语诗人"（反倒更符合实际）。所以说，"口语诗"之命名是高度本土化的，它只属于甫一诞生便书面过度的中文。

在"口语诗"三十来年的历史中，20世纪80年代属于"发轫期"，20世纪90年代属于"发展期"，21世纪世纪属于"繁荣期"——是"两报大展"展示了它的"发轫"，是理论界的"后现代热"刺激了它的"发展"，是互联网的普及带来了它的"繁荣"。我们所说的"前口语"，指的是其"发轫期"；我们所说的"后口语"，指的是它的"发展期"和"繁荣期"，在诗学的构建上，前者是自发的，后者是自觉的。

君不见，在中国古典诗歌史上，所有繁盛期，都趋向于"口"，《诗经》如此，唐诗宋词皆如此；所有衰落期，都依赖于"典"其实是"书"。黄遵宪喊出"我手写我口"，是在长久衰落后的一声呐喊。

进入现代，胡适最早"尝试"了"白话诗"，郭沫若"涅槃"了"自由体"，都是在向"口"的方向上做出努力……尤其是真正的"口语诗"诞生的这三十多年来，各个阶段的前卫与先锋：从"第三代"到"后现代"，从"身体写作"到"下半身写作"，从"民间写作"到"诗江湖"，到目前如火如荼的《新诗典》，无一不是以"口语"为体，以"口语诗人"为生力军。

在过去三十余年间，口语是先锋诗歌的先决条件与必要因素，这既符合世界诗歌发展的潮流，于中文本身又有自我改造的必要性与紧迫性。 事实上，正是抵达了以后现代主义为文化背景的"口语诗"之岸，中国诗人才在长期落伍之后追赶上了世界诗歌发展的潮流。

在国际诗歌节上，老诗人朗诵的一般都是意象诗，中青年诗人朗诵的一般都是口语诗，女诗人朗诵的一般都是抒情诗……对这一幕，观众习以为常，见惯不惊，受惊的一定是某个少见多怪的中国诗人，他回国后对这一幕一定闭口不提，就当没看见或者压根儿就没听出来。

就像将近一百年前的白话文运动一样，口语诗也是一次深刻的革命，但它不会像前者那般得到教育部门强制推行的有力支持，反而还会受到以传统为背景的主流文学的放逐及无知大众的百般嘲弄，于是它先锋的姿态便注定成为永恒的宿命。

不但要受到无知大众的嘲弄，口语诗人还要承受同行带有莫名其妙优越感的轻蔑：好像口语写作天生低人一等，是没文化的表现。在中国诗坛上，所有对于"写作无难度"的指责，百分之百都是冲着口语诗去的——这样的指责何其外行，我们就难度论难度：口语诗其实是最难的，抒情诗、意象诗说到底都有通用技巧甚至于公式，唯独口语诗没有，需要诗人靠感觉把握其成色与分寸，比方说，押韵是个死东西，而语感则是活的。

有什么好优越的呢？反过来看，非口语是何种语言？是没有发生在现场的语言，是他人已经形成文字的语言——不抵达语言源头的写作，才真的是等而下之，从理论上便低人一等。

口语诗并不等于在语言层面的单一口语化——也就是说："口语化"并不等于"口语诗"。从诗人的角度来说，口语诗等于一种全新的诗歌思维：是一种摆脱公式的"有话要说"的原始思维——诗人的思维，将创造出诗歌的结构。如果说"前口语"还只是一些想说的话，那么"后口语"便有了更加明显的结构，通常是由一些事件的片段构成，所以，口语诗人写起诗来"事儿事儿的"，——在我看来这不是讽刺和调侃，而是说出其"事实的诗意"的最大特征。

你还可以继续从对口语诗的攻击之词中找到口语诗的成就，譬如"日记"——在此之前，中国现代诗连"日常"都未抵达，现如今已经现场到"日记"了；譬如"段子"——在此之前，中国人写诗一点幽默感都没有，现在已经有了极具中国特色的幽默；譬如"口水"——口语是舌尖上的母语，语言带有舌尖湿润的体温不是更具有生命的征候吗？

至于有人别有用心地用"口水诗"来指代"口语

诗"，更是一种无知透顶的蠢行，"口水"可不是口语诗的专利，抒情诗、意象诗，甚至古体诗写"水"了，都是"口水诗"，你们有豁免权吗？谁给的？

有人说"口语诗"门槛太低——此说不值一驳，他其实说的是口语门槛太低。

是口语诗最终解决了现实主义（实则"伪现实主义"）诗歌从未解决的如何表现当下现实的问题，如果没有口语诗的发生与发展，中国大变革时代如此错综复杂的强大现实将在诗歌中无从表现，诗歌将在当代文学中失去发言权。

请注意：口语诗人只说"叙述"而不说"叙事"，因为"叙述"是口语诗的天生丽质之处，"叙事"是抒情诗人在抒情诗走到穷途末路后的紧急输血。在一首口语诗中，"叙述"不是工具，它可以精彩自呈。

口语诗鲜明的"及物性"并不在于所叙之事，而在于它对叙述效果的讲究与追求，即它所表现的事物一定要有来自现实的可以触摸的质感，哪怕是在一首超现实的诗中。

有了口语诗，中国诗歌的当代性才落到体例，中国诗歌的现代性才得以真正的确立。

口语诗的语言是高像素的。

几乎所有人在提及"汉语"二字时，其旨趣都指向了古汉语，指向了故纸堆，其实口语才是不断生长的活汉语，口语诗是最有生命力的现代汉诗。

没有口语诗，中国现代诗谈不起"中国质感"，甚至不属于严肃文学而更像一些浅格言。

口语诗是天然的"本土诗歌"（我们努力追求的），意象诗更像通行的"世界诗歌"（假设它是存在的）。

有一个耐人寻味的现象：最憎恨口语诗的并非抒情诗人、意象诗人（如前所述：他们只是保持着一种莫名其妙的优越感罢了），而是"前口语"诗人，是口语诗自发阶段的诗人。为什么呢？

"前口语"诗人喜欢说：我不是口语诗人，而是汉语诗人——好大喜功的表面下深藏着他们的非自觉。

如今，口语诗已经带动了抒情诗、意象诗的口语化——但奇怪的是：很乐于"口语化"的人又来反对口语诗，再次证明了："口语化"不等于口语诗。

想从局部拿走口语诗的好（还想从整体上否定它），都会遭到可耻的失败，任何艺术形式最不接纳的是"中间派"，缪斯之神也一样。

多年来，我在面对文学的创作与研究中，对"自觉"与"自发"的一字之差异体会日深，后者不是前者的初级阶段，而是其对立面。

把口语诗投向文化是失败的，变成了口语化的知识分子写作，比知识分子写作更不伦不类。

用口语诗制造语言神话是失败的，说得再神乎其神也不过是在语言的单一层面。

在口语诗中大耍文艺范儿是失败的，任何范儿不过都是装腔作势。

把口语诗贴上脏乱差的标签，还没写就败掉了。

创作口语诗唯一正确的方向是人：从舌头到身体到生命到人性到心灵到灵魂。其他皆为旁门左道。

好的口语诗对作者是有要求的——要求作者首先要"活明白"，其次要"写明白"。

好的口语诗对诗人是有要求的：你得"懂事儿"，不能不谙世事、不懂人之常情，你得生命力旺盛，蔫头耷脑不行，还得"好玩"（至少内心里），你不能是个空有情怀的"赤子"（这种人适合抒情诗），也不能是个按图索骥制造僵死文本的书呆子。

从外表上看，口语诗人更像凡俗之人，在无知大众眼中不像诗人——大众眼中的诗人，要么像戏子，要么像疯子，全都是骗子。

口语像流水，词语像结石。

用"语感"来说口语诗太不口语了，请用"口气"。

有人担心口语诗会被写成千人一面——这纯属不走脑子想当然，恰恰相反，即便是双胞胎，音质与口气也是不同的。

真实而自然，是口语诗的基本方向和最高境界。

炫技，在口语诗的写作中往往会被放大，显得特别扎眼，在口语诗中，可以肯定的是：炫技＝败笔。

这也是一种可以将作者的杂念放大的写作，你任何不纯的杂念，都会留下脚印，这是一片白莽莽的雪原。

歧视、谩骂、攻击口语诗的人起初是因其无知、保守、落后，现在是出于害怕、心虚、嫉妒。

非口语，有言无语，有文无心。

不接受口语诗者，无法真正过现代诗这一关。

在口语诗写作中，三天打鱼两天晒网的薄产者很难写好，因其实践太少而话说得不溜，反复推敲不断打磨有可能适得其反。

要走官方路线就别选择口语诗——在中国，这是诗坛混子们最懂的常识，这真耐人寻味，这是诗内问题、诗学问题。

从口语诗人变成杂语诗人——往往是登堂入室的惯常诗路调整，就像唱摇滚的转而唱美声。

口语诗的趣味关乎人生、人性、人味。

口语诗似乎生来排斥文人趣味，与之格格不入。

在有的口语诗中，粗俗是一种可贵的美，有人永不懂得。

在口语诗中，聪明是一种美，老实也是一种美。

在阅读时读不出作者个人口气的口语诗，一定不是上乘之作。

在中国，写口语诗的女诗人为何寥寥无几？ 囿于观念，生命打不开。

言说的姿态也能体现口语诗的风采。

也许最理想的口语诗，是带有口音的方言诗，但必须是能有效传播的方言，你的读者大多是操普通话的。

口语诗如果缺乏鲜活可靠的个人经验，就等于放弃了它的先进性。

在今天，一首好的口语诗，一定内含丰富的先进性。

也许，在口语诗人之外还有其他现代诗人，但有一点可以肯定：反对口语诗的人，一定是现代诗的敌人。

口语诗应当直面人生——自己的而不仅仅是他人或人类的。

口语诗人就是这样的：不要小聪明，不靠想象力，貌似比较笨，但从生活中抓取来的具体、鲜活、充满细节的原材料，却能一击制敌。

切忌把口语诗坐实，过于追求"手拿把攥"的写作状态，反倒是有违口语诗之自由精神的。

口语诗人最可贵最高级的一点在于，他们写精神性的东西，绝不写成宣言或哲理，绝不空写，他们一定会触及一些看得见摸得着的现象与事实，靠形象说话……由是观之，口语诗已经建立起了一套完整的诗学体系。

什么是好的口语诗？ 它会让你觉得在它所使用的口语之外，找不到其他语言。

在口语中携带意象，在外语诗歌中早不是问题，在中文现代诗中也越来越成为常态。

最优秀的口语诗人，一定是骨子里的平民主义者，满脑子精英意识是玩不转口语诗的。 没有平民主义，就没有口语诗。

带有后现代文化背景的诗感极好的纯口语诗人——我视这样的诗人为来自我之谱系的亲人。

优秀的口语诗人，一般都是面对生活的"拿来主义"高手，他们比抒情诗人、意象诗人更懂得：生活比作者聪明，更懂得：客体与主体平等。所以说，口语诗哪里仅是口语化？学问多着呢。

有些人无法运用口语写诗的根本原因是其诗尚未进城，在西方，口语诗是一种咖啡馆文化，这三十年来，一些优秀的中国口语诗人拓展了它，将其延伸到城乡接合部，甚至写到了农村，但立足点一定是在城里的。

口语化的抒情诗与抒情性的口语诗，是两种诗型，区别何在？前者之结构与传统抒情诗并无区别，只是在语言层面变得口语化一点；而后者则完全是口语思维，只因为题材之故而在语言上取抒情的口吻。

口语诗必须回到个体，这就是为什么它是登高一呼的代言写作的天敌。

没有口语诗，我们在诗中所表现的所有情绪都是抽象的、雷同的。

什么是原创性？ 本土经验＋中文口语＝原创性！什么是中文口语？ 中国人舌尖上带着体温的活性母语！

无知大众不屑于口语诗是一句话或几句话分了行，他们觉得诗不能是"人话"的组合而应是"雅词"的堆砌，骨子里有一种对传统文化的盲目崇拜，殊不知，就是这么分了行的一句或几句话，可是需要多少文化、智慧、生命活力、艺术直觉、语言敏感在里头，把这些汉字摆舒服了——多不容易！

几年前，一位并不欣赏口语诗的学院批评家听我讲完口语诗的一些道道，貌似理解了，有些激动地说："你们自己把它写下来呀，写成理论，不理解的人就好理解了。"——我当时暗想：那要你们这些批评家干吗？ 我们要这样的理解干吗？ 我偏不写！

现在，我终于还是写了，得《中国口语诗选》编选的契机，是仅此一篇呢，还是后有续论？ 我也不知道，我不想说死。 最后一句话是对口语诗人或其坚定的追随者说的：读完本篇扔掉它，不要把它当作信条，世界上没有任何一种理论可以指导写作，中文口语诗更是如此。只是，当你在自己的写作实践中重新体会到这些经验时，你会想起那个滔滔不绝的家伙不是胡说……那才是我希望看到的。

2014

（首发于《诗潮》2015 年第 2 期）

附录

伊沙文学年表

1979 年 9 月，小学毕业，升入西安市三中，写下平生第一首诗，夹寄给一位同学，36 年后在微信中学同学群中被该同学披露。

1983 年 5 月，获西安市"爱国储蓄杯"青少年征文大赛一等奖；6 月，获西安市第二届"希望奖"群众影评大赛一等奖；9 月，在《陕西日报》发表诗歌处女作《夜》。

1984 年 6 月，获西安市第三届"希望奖"群众影评大赛二等奖。

1985 年 3 月，获得《语文报》"我们这个年龄"全国中学生征诗活动三等奖——此奖令其在当年高考中获加 20 分，得以考入北京师范大学中文系；9 月，进入北京师范大学就读；10 月，获北京师范大学诗歌大赛三等奖，是新生中唯一的获奖者；10 月，获北京师范大学教师节征文大赛二等奖；12 月，获北京师范大学演讲比赛一等奖。

1987 年 5 月，《男儿王冠》（编剧）获北京电视台首届"理想杯"全国高校校园电视剧展播奋进奖，代表剧组赴北京民族文化宫领奖，从曹禺手中接过奖杯；10 月，获北京师范大学首届戏剧节优秀导演奖。

1988 年 4 月，和同学组建"感悟诗派"；9 月，自己印制（油印）个人诗集《寂寞街》；10 月，在《飞天》杂志"大学生诗苑"栏目发表《伊沙诗抄》（10 首），引起强烈反响，一举成为大学生诗群的重要代表人物。

1989 年 3 月，和中岛组建全国高校文学联合会，出任秘书长，在北京举办全国高校文学研讨会暨"圆明园诗会"。 诗作在《青春》杂志举办的大学生诗歌大赛中获奖；诗作在《大学生》杂志社举办的首都高校诗歌大赛中获奖。 获四川阆中龙年诗歌大赛优秀奖。 获北京师范大学诗歌大赛二等奖。 5 月，在《萌芽》杂志举办的青年诗歌大赛中获奖。 7 月，大学毕业，分配至西安外语学院宣传部做院刊编辑，返回西安。 12 月，诗作在《诗神》杂志社举办的诗歌大赛中获奖。 首次发表诗歌评论。

1990 年 1 月，应诗人严力之邀担任美国《一行》中文诗刊中国代理人。 2 月，诗作在《诗潮》杂志社举办的"东方诗潮"诗歌大赛奖中获奖。 3 月，《逝去的冬日》（编剧）获北京电视台第二届"理想杯"全国高校校园电视剧展播一等奖，捧得"理想杯"；5 月，诗作在《大河》诗刊社举办的诗歌大赛中获奖。 获《名城文学》诗歌大赛探索诗一等奖、爱情诗一等奖。

1991 年 3 月，诗作在《文学港》杂志社举办的诗歌大赛中获奖。 12，作品首次被译成英文发表。

1992 年 2 月，应邀加入《诗研究》的作者群。 3 月，作品首次被译为世界语发表。 4 月，策划《一行》创刊五周年大型诗歌朗诵会，在陕西省农业展览馆成功举行。 6 月，应邀加入《倾斜》诗刊作者群。 7 月，应邀担任《当代青年》杂志社青年诗歌大赛评委。 7 月，应邀在《女友》杂志社举办的文学夏令营授课。 10 月，应诗人、诗评家周伦佑之邀担任复刊后的《非非》杂志编委。11 月，被《女友》《文友》杂志推选为"读者最喜爱的当代十佳诗人"。

1993 年 1 月，应邀担任新创杂志《创世纪》总策划。 5 月，作品首次被译成德文发表。 7 月，应邀在《女友》杂志社举办的文学夏令营授课。 11 月，由院刊编辑调往教师岗位任教。

1994 年　3 月，诗集《饿死诗人》由中国华侨出版社出版。 7 月，应邀在《女友》杂志社举办的文学夏令营授课。

1995 年　1 月，应邀加入《锋刃》诗刊作者群。 6 月，诗集《一行乘三》（与严力、马非合著）由青海人民出版社出版。 7—8 月，与妻子老 G 合作，首次将美国诗人查理斯·布考斯基的诗作译成中文。 9 月，应邀出席诗刊社在北京举办的第 13 届"青春诗会"。 11 月，作品首次被译成日文发表。

1996 年　8 月，应邀出席《女友》杂志社举办的"陕北笔会"。 10 月，发表短篇小说处女作《现场》。 11 月，发表中篇小说处女作《江湖码头》。 应邀出席《诗歌报月刊》社在浙江湖州举办的首届"金秋诗会"。 12 月，应邀出席《女友》杂志社在济南举办的长篇小说策划会。 获第三届路遥青年文学奖诗歌二等奖。

1997 年　7 月，应邀出席《女子文学》杂志社在河北举办的笔会。 8 月，应邀出席《喜剧世界》杂志社在太白山举办的笔会。 12 月，入选《国际汉语诗坛》杂志评选的"中国当代十大杰出青年诗人"。

1998 年　1 月，出任《文友》杂志策划。 当选《世界汉语诗刊》"中国当代十大杰出诗人"。 6 月，长篇小说《江山美人》由太白文艺出版社出版。 为《文友》杂志策划并执行轰动一时的"中国十差作家评选"活动。 7月，到北京第三精神病福利院为诗人食指（郭路生）颁发首届"文友文学奖"。 9月，在《文友》杂志发表《世纪末呼吁：解散中国的作家协会》一文，轰动一时。 12月，诗及相关评论集《伊沙这个鬼》由《诗参考》编辑部出版。

1999 年 1月，《伊沙作品集》（三卷本）——诗集《野种之歌》、小说集《俗人理解不了的幸福》、散文随笔集《一个都不放过》由北京朝花文化机构策划、青海人民出版社出版。 2月，应邀担任《女友》杂志社青年文学奖评委。 4月，应邀出席《诗探索》编辑部、《北京文学》编辑部、北京作家协会、当代文学研究会、中国社科院文学研究所等数家单位在北京平谷县盘峰宾馆联办的"世纪之交中国诗歌创作态势与理论建设研讨会"，在会上卷入与自诩为"知识分子写作"一方的激烈争论，会后撰写多篇文章继续在纸媒体上与对方展开论争，即所谓"盘峰论争"。 6月，诗集《我终于理解了你的拒绝》由青海人民出版社出版。 主编《零点地铁诗丛》（16 卷）由青海人民出版社推出。 应邀出席《电影作品》杂志社在成都举办的"世纪之路：电影与文学研讨会"暨"眉山

诗会"，应邀担任《中国诗年选》编委。 8 月，随笔集
《亵渎偶像》（与孙郁、孙见喜合著）由中华工商联合出
版社出版。 受邀澳门国际诗歌节，因故未能成行。 11
月，应邀出席《中国诗年选》编委会在四川举行的评审
会。 应邀出席由《中国新诗年鉴》编委会和《诗探索》
编辑部在北京小汤山龙脉温泉度假村联办的"1999 中国
龙脉诗会"。

2000 年 1 月，在北京获《诗参考》诗刊颁发的"10
年成就奖"，诗作《结结巴巴》获"10 年经典作品奖"。
6 月，应邀担任《中国新诗年鉴》编委。 8 月，应邀出席
在湖南衡山举行的"90 年代诗歌论坛"。 10 月，随笔集
《时尚杀手》（与徐江、秦巴子合著）由花城出版社出
版。 11 月，与诗人崔恕创办《指点江山》网站（论
坛），出任版主。 12 月，与诗人黄海创办《唐》诗刊，
出任策划一职。 出席《中国新诗年鉴》在大连举行的审
稿会。 获《山花》杂志 2000 年度诗歌奖。

2001 年 2 月，诗人黄海将《指点江山》网站改名为
《唐》，应邀出任版主。 3 月，诗评集《十诗人批判书》
（与徐江、沈浩波、秦巴子、张闳合著）由时代文艺出版
社出版。 5 月，澳大利亚昆士兰州诗人（保罗·哈德克
Paul Hardacher）编辑的《纸老虎》第一集 CD 诗歌集出

版，与其他三位中国诗人共同入选。凡斯主编的《原创性写作》第二期出版，成为封面人物。澳大利亚墨尔本La Trobe大学《子午线》杂志"全球化特刊"发行，成为在上面发表诗作的两位汉语诗人之一。6月，由欧阳昱翻译的《鸟俑》一诗在墨尔本《年代报》（*The Age*）上发表。7月，编著《语文大视野（初中二年级）》（与秦巴子合编）由山西人民出版社、书海出版社联合出版。8月，随笔集《明星脸谱》（与徐江、洪烛合著）由中国文联出版公司出版。9月，编著《剖开球胆——中国足球批判》由远方出版社出版。

2002年 4月，在首届网络文学大赛中获奖。6月，两首诗作入选澳大利亚《原乡》文学杂志2002年第8期中国当代诗歌英文翻译特刊（欧阳昱编辑、翻译）。7月，应邀出席在西安举行的第8届亚洲诗人大会。应邀出任韩国《诗评》杂志"企划委员"。诗作首次被译成瑞典文发表。8月，应邀出席第16届瑞典奈舍国际诗歌节，在瑞典南部旅行、朗诵。7—10月，与妻子老G合作再度翻译布考斯基。11月，诗作首次被译成韩文发表。12月，诗作首次被译成荷兰文发表。应邀担任《诗江湖年选》编委。应邀担任西安电视台《纪录时空》节目主持人。

2003 年　4 月，瑞典"瑞中协会"出版《中国》一书（瑞典语），与北岛、顾城的作品一起入选。　6 月，诗集《伊沙短诗选》（中英文对照）由香港银河出版社出版。8 月，诗集《伊沙诗选》由青海人民出版社出版，该书参加了当年举行的德国法兰克福书展。　12 月，诗集《我的英雄》由河北教育出版社出版。　12 月，应邀担任《中国诗歌选》副主编。

2004 年　1 月，杨晓民主编的《百年百首经典诗歌》由长江文艺出版社出版，《饿死诗人》入选。　4 月，在《南方都市报》评选的"第二届华语传媒大奖"活动中获年度诗人奖提名，在《青年时报》推出的 2003 年度"华语文学传媒大奖"活动中获年度诗人奖。　3 月，应邀出席在昆明举行的"中国昆明—北欧奈舍诗歌周"。　5 月，编著的《现代诗经》由漓江出版社出版。　6 月，随笔集《被迫过着花天酒地的生活》由人民文学出版社出版。　7 月，应邀出席在乌鲁木齐举行的第 9 届亚洲诗人大会。　8 月，长诗《唐》由澳大利亚原乡出版社出版。　9 月，获首届"明天·额尔古纳"中国诗歌双年展"双年诗人奖"，获得两百亩牧场的巨奖，轰动一时。　10 月，受邀美国塞蒙斯学院等三所大学举办的诗歌活动，因故未能成行。　12月，田原编选、竹内新翻译的《中国新世代诗人》由日本东京诗学社出版，有两首诗作入选。

2005 年　2 月，编著的《被遗忘的诗歌经典》（上、下卷）由太白文艺出版社出版。 3 月，应邀负责诗歌汉译润色的《仓央嘉措情歌及秘史》由青海人民出版社出版。 4 月，应邀出席北京印刷学院举行的朗诵会。 应邀赴天津南开大学朗诵。 5 月，小说集《谁痛谁知道》由宁夏人民出版社出版。 接到日本地球社"环太平洋诗人节"的邀请，因故未能成行。 8 月，应邀出席《中国诗人》编辑部在辽宁举办的诗歌活动，顺访京津两地。 9 月，随笔集《无知者无耻》由朝华出版社出版并在北京举行了首发式。 10 月，在西安高校首届诗歌节上做开幕讲座。 12 月，小说集《谁痛谁知道》在国家九部委联合主办的"知识工程——中华全民读书书目推荐活动"中，入选"2005 年知识工程推荐书目"。

2006 年　4 月，长篇小说《狂欢》（中文简体字版）由作家出版社出版。 5 月，应邀出席在武汉举行的"或者-平行诗会"，并赴武汉大学朗诵。 6 月，长篇小说《狂欢》（中文繁体字版）由双笛国际事务有限公司出版部出版，在中国台湾和美国同时发行。 应邀出席在长沙举行的"首届麓山新世纪诗歌名家峰会"。 受美国塞蒙斯学院举办的"全球中文诗歌研讨会"的邀请，因故未能出席；8月，诗集《车过黄河》由美国纽约惠特曼出版社出版。 应邀出席在宁夏举行西部诗歌研讨会。 9月，应邀出席在河南栾川召开的"首届网络诗歌论坛峰会"。11月，诗集《灵与肉的项目》（希伯来语译本）由以色列特拉维夫色彩出版社出版。 应北京师范大学之邀回母校出席"知名校友作家返校日"活动。

2007年 2月，大型电视专题节目《中国诗歌》第二辑二十位诗人的电视专题在浙江电视台教育科技频道播出，其中有伊沙专题。 3月，入选乐趣园评选的"2006年十大风云诗人"。 4月，为抗议《中国新诗年鉴》对"民间立场"的背离而退出编委会。 5月，入选《羊城晚报》《诗歌月刊》等多家媒体评选的"中国当代十大新锐诗人"名单，赴海南领奖。 6月，应邀出席第38届荷兰鹿特丹国际诗歌节，顺访比利时。 在诗歌节期间，诗集《第38届荷兰鹿特丹国际诗歌节·伊沙卷》中英文对照及中荷文对照两种版本由荷兰鹿特丹国际诗歌节基金会出版。 第38届鹿特丹国际诗歌节受邀诗人诗集《诗人酒店》在荷兰出版，有两首诗入选，译者为荷兰翻译家马苏菲。 荷兰第一大报《鹿特丹新报》发表伊沙代表作《结结巴巴》的荷兰语译文，译者为著名汉学家柯雷。回国后应邀出席京津两地举行的民间诗会，并颁发首届

"葵诗歌奖"。日本东京《地球》6月号发表伊沙等21位中国诗人诗作,由汉学家佐佐木久春翻译。7月,长篇小说《中国往事》由磨铁文化有限公司策划、远方出版社出版。应邀参加"著名作家采风团蜀道行"活动,重走古代蜀道,拜谒李白故里。8月,应邀出席在云南丽江、香格里拉举行的第10届亚洲诗人大会。

2008年 1月,第四本散文随笔集《晨钟暮鼓》由山东文艺出版社出版。《赶路》诗刊推出千元一诗收购行动,《灵魂出窍》入选。3月,获首届光成诗歌奖。为纪念切·格瓦拉,英国燃烧出版社推出《诗里的切》的世界诗选(英语版),编选了53个国家134位诗人以格瓦拉为题材的诗作,伊沙等四位中国诗人的诗作入选,翻译者为澳大利亚翻译家西敏。4月,应邀做客中央电视台,并在节目中朗诵其诗《七十年代》。顺访天津,在第二届穆旦诗歌节《葵》朗诵会上朗诵作品。4月,2007年创作的巅峰大作《灵魂出窍》于有"中国《纽约客》"之称的《作家》杂志全文发表。《仓央嘉措情歌》(负责润色)由青海人民出版社出版。7月,由《手稿》杂志举办的"伊沙作品专场朗诵会"在西安最大的福宝阁茶楼举行,伊沙自诵并自释了《车过黄河》等创作21年来的21首代表作。9月,被评为西安外国语大学2007—2008年度优秀教师。 10 月，应邀出席北京师范大学与美国俄荷拉赫马大学在北京联合举办的"世界文学与中国"国际学术研讨会，在会上宣读论文《从全球化说开去：中国当代诗歌》，并在朗诵会上朗诵诗作。 出席侯马诗集《他手记》首发式暨北面诗歌朗诵会。 11 月，应邀赴英国出席第 20 届奥尔德堡国际诗歌节及英译本诗集《饿死诗人》首发式，成为这项英国历史最悠久的诗歌节邀请的首位汉语诗人，英译本诗集《饿死诗人》由英国最权威的诗歌出版社布拉达克西书社出版，是继杨炼之后第二位在该出版社出版诗集的汉语诗人。 在诗歌节期间，英国诗歌基金会《诗报》出版，刊出伊沙诗作及伊沙专访《天才之言》，并配有大幅照片。 英国《现代译诗》杂志介绍伊沙并刊出其诗作多首。 12 月，第四部长篇小说《黄金在天上》由磨铁文化机构策划，花山文艺出版社出版。 12 月，获第二届新死亡年度诗歌奖暨免费出版个人诗集奖，最新诗集《灵魂出窍》由中国文联出版公司出版，是其出版的第十中文诗集（另有五本外文译本）。 诗作《车过黄河》被新浪网评为"改革三十年十大流行诗歌"，入选深圳《晶报》"诗歌人间：改革开放 30 年 30 首诗"，诗作《车过黄河》《饿死诗人》《结结巴巴》同时入选 16位知名评论家评出的"当代诗歌虚拟选本"（100 首），入选的篇目数位列第二。《车过黄河》入选《读诗·1949—2009：中国当代诗 100 首》。12 月，应邀出席《赶路》诗刊在广东佛山举行的"新世纪诗歌御鼎高峰论坛"。《崆峒山小记》获评南京师范大学新诗研究中心"2007 年度庸诗榜"第一名（本人将此恶搞诗歌的评选的奖项当作莫大的殊荣，得到的奖励是该诗被发表在一百多家报纸上）。

2009 年 1 月，《无题组诗》（17 首）在《十月》发表。2 月，长诗《诗之堡》在《上海文学》发表。5 月，应邀出席在西安举行的第二届中国诗歌节。长诗《蓝灯》（节选）在《人民文学》增刊发表。诗四首入选《诗韵华魂》（现当代卷）。应邀出席在山西晋城举行的第二届太行诗歌节。6 月，当选诗社、华语文学网站等 17 家诗歌民刊、论坛评选的"1999—2008 十大影响力诗人"（2009）。西安外国语大学中文学院举办"伊沙作品研讨会"。7 月，诗集《纹心》由《星星》诗歌理论半月刊编辑部编印出版。8 月，应邀出席第二届青海湖国际诗歌节。10 月，应邀出席首届中华世纪坛金秋诗歌节。11 月，位列百家网站评选的"2009 中国年度诗人"之首。诗集《伊沙诗选：尿床》被列入"大陆先锋诗丛"（第二辑），在台湾唐山出版社出版。12 月，应邀赴哈尔滨出席"天问·中国新诗新年峰会"。 长篇小说《迷乱》由磨铁动漫传媒有限公司和云南人民出版社出版。

2010 年 1 月,获"御鼎诗歌奖"21 世纪中国诗歌"十年成就奖"(2000—2009),《无题诗集》由《赶路诗刊》编辑部资助出版。 被搜狐网、新华网等百家网站评选为"2009 中国年度诗人"。 与秦巴子等西安诗人创办"长安诗歌节"。 荷兰首席汉学家、雷顿大学教授柯雷赴南开大学开讲座《拒绝性的诗歌:伊沙诗作中的"音"与"意"》。 诗作入选以色列出版的《世界足球诗选》(希伯来语),是唯一一位有作品入选的中国诗人。当选"2009 明星诗人"。 2 月,《老情人》获天涯诗会情诗大赛一等奖。 4 月,荷中友好协会所办的荷兰语杂志《今日中国》(*China Na*),在其封底刊出《饿死诗人》的荷兰语译文,译者为施露(Annelous Sliggelbout)女士。 在西安接受专程来访的英国青年汉学家殷海洁专访。 6—7 月,应《深圳特区报》之邀在南非世界杯举办期间开设诗歌专栏,以每首诗 500 元人民币创中国大陆最高诗歌稿费纪录。 8 月,应邀赴湖南衡阳出席"2010 衡山诗会",在会上作主题发言,提出被广泛接受的"初唐说"。

2011 年 1 月,入选国际诗歌翻译研究中心《世界诗人》(混语版)杂志社"2010 年度国际最佳诗人"。 2

月，《布考斯基诗歌快递》（合作翻译）出版。 3 月，
《蓝灯》（长诗）由香港银河出版社出版。 4 月，《士为
知己者死》（长篇小说）由辽宁人民出版社出版。 5 月，
获《手稿》现代汉诗新世纪十年成就奖（2001—2010），
当选《诗歌报月刊》2001—2011 年"中国网络诗歌十佳诗
人"，赴上海领奖。 7 月，《仓央嘉措情歌》（润色）、
《仓央嘉措歌传》（改写）由青海人民出版社出版；
《唐》《灵魂出窍》获《诗参考》第二届经典诗歌奖。 8
月，《世界的角落》（诗集）由陕西师范大学出版社出
版，应邀出席第三届青海湖国际诗歌节，并在大会做主题
发言；应邀出席马其顿第 50 届斯特鲁加国际诗歌节。 9
月，《诗国不堪回首月明中》（诗集）由台湾秀威资讯科
技股份有限公司出版。 10 月，《陕西诗选（2000—
2010）》（编选）由陕西师范大学出版社出版。 11 月，
《热浪中的理想国》（诗集）、《行》（诗集）、《布考
斯基诗选：背靠酒桶》（合作翻译）由不是出版基金会出
版。 获中国当代诗歌奖（2000—2010）创作奖。 伊沙小
说研讨会在广东梅州举行。 12 月，《中国现代诗论》
（中文繁体字版）由台湾秀威资讯股份科技有限公司
出版。

2012 年 1 月，《新世纪诗典》（编著）入选国际诗

歌翻译研究中心《世界诗人》（混语版）杂志社"2011年度国际最佳诗集"。 2月，《布考斯基诗选：干净老头》由黄海印制出版。 3月，《特朗斯特罗姆诗选：最好的托马斯》（合作翻译）由《读诗》编辑部出版。 获《秦岭文学》2011年度诗歌奖。 4月，网易微博《新世纪诗典》入选《新周刊》2011年度十大最有价值微博。 6月，《在长安》（合著）由香港银河出版社出版。 11月，《新世纪诗典（第一季）》（编评）由浙江文艺出版社出版。 12月，《梦（第一卷）》由青海人民出版社出版。应邀出席在台湾举行的"天问两岸新诗高峰论坛"暨高雄"佛光山诗会"。

2013年 1月，《伊沙近作选快递》由《读诗》编辑部出版；与老G同获水城文学沙龙首届年度文学大奖2012年度诗歌翻译奖。 被评为2012年度中国十大当红诗星。 3月，《当你老了：世界名诗100首新译》（合作翻译）由青海人民出版社出版。 应邀出席第二届澳门文学节。 4月，《曹操》由北京联合出版公司出版。 《生如夏花，死如秋叶：泰戈尔名诗精选》（合作翻译）由江苏文艺出版社出版。 《特朗斯特罗姆诗选：最好的托马斯》由不是出版基金会出版。 5月，获第三届红岩文学奖诗歌奖。 7月，《我知道怎样去爱：阿赫玛托娃诗选》

（合作翻译）由外文出版社出版。8月，《仓央嘉措歌传》（润色改写）由青山人民出版社出版。获第三届"葵"现代诗歌成就大奖。伊沙诗歌研讨会在天津师范大学举行。8月，应邀出席第四届青海湖国际诗歌节，并在大会上做主题发言。9月，《布考斯基诗选：极品》（合作翻译）由长安出版社出版；10月，《伊沙、树才、杨邪诗选》（诗集英译本）由澳大利亚流浪者出版社出版。

2014年　1月，《来自时间的大海：英美名诗100首新译》（合作翻译）由青海人民出版社出版；与老G合译泰戈尔长诗《献诗》获2013年《诗潮》杂志社"最受读者喜爱的诗歌奖"翻译诗单篇奖（银奖）。获第二届桂中水城文学沙龙（2013）年度大奖年度伯乐奖。入选诗网络"感动诗坛"2013年度十大感动诗人评选。2月，应陕西电视台之邀为大型航拍纪录片《大美陕西》撰稿，该片播出后获得首届中国国际科学纪录片学术交流大会暨第二十届中国电视纪录片十佳十优颁奖活动最佳形象宣传作品奖。4月，获第三届"美丽岛"中国桂冠诗歌奖桂冠诗人奖。5月，《有一年我在杨家村夜市的烤肉摊上看见一个闲人在批评教育他的女人》入围《新世纪诗典》21世纪之初（2000—2014）中文现代诗百优。《莎士比亚十

四行诗（全新译本）》（合作翻译）由青海人民出版社
2014年5月出版；《新世纪诗典（第二季）》（编评）由
九州出版社出版。 6月，获首届王维诗歌奖。 7月，诗
集《热浪中的理想国》获2014年"不是出版"基金水晶
书奖。 8月，《橡树，十万火急》（中短篇小说集）由译
林出版社出版。 9—10月，获美国亨利·鲁斯基金会中文
诗歌奖金，被奖励赴美国佛蒙特创作中心驻站写作一个
月，并应邀出席亚利桑那大学为其举办的朗诵会。 11月，
获深圳"第一朗读者"2014—2015年度"最佳诗人奖"。

2015年 1月，率《新世纪诗典》诗人访问团出访越
南。 2月，《新世纪诗典（第三季）》（诗集·编评）由
浙江文艺出版社出版。 3月，《中国口语诗选》（编选）
由长江文艺出版社出版。 应邀出席奥地利两校一刊为其
举办的朗诵会与研讨会，顺访斯洛伐克、匈牙利、捷克。
4月，《滴水成冰》（诗集）由重庆大学出版社出版。
《我们家》（诗文集·合著）由天津社会科学出版社出
版。 5月，三幅书法作品参加"原来"2015当代文人书
画全国首回巡展。 6月，《激扬文字》（散文随笔集）由
暨南大学出版社出版。 "长安诗人风骨"伊沙、秦巴子
书法展在西安国际会展中心举行。 7月，《梦（第二
卷）》（长诗）由青海人民出版社出版。 8月，获谷熟来

禽诗歌节首届天禽（领袖）奖。 应邀出席第五届青海湖
国际诗歌节。 10 月，《观音在远远的山上——伊沙文学
课》（讲稿·合著）由北京联合出版社出版。 多幅书法
作品入选"诗眼：新诗典诗人视觉艺术展"。 12 月，
《中国现代诗论》（诗论集·中文简体字版）由青海人民
出版社出版。

2016 年 1 月，率《新世纪诗典》诗人访问团出访泰
国、新加坡、马来西亚三国。 2 月，饿死诗人——伊沙诗
歌分享会在珠海举行。 4 月，《新世纪诗典（第四季）》
（诗集·编评）由浙江文艺出版社出版。 5 月，《后现代
之光：近四十年中国新诗流派运动代表人物诗选》（主编
·合著）由九州出版社出版。 《中国底层》（中韩双
语）由韩国海风出版社出版。 应邀率《新世纪诗典》诗
人访问团出访韩国，并领取韩国"亚洲诗人奖"，在中韩
文化交流大会做主题发言。 两幅书法作品参加中韩文化
交流大会书画展。 受到罗马尼亚米哈伊·艾米内斯库国
际诗歌节邀请，因故未能出席。 6 月，《点射》（诗集）
由黄山书社出版。 获 2015"诗词中国"最具影响力评选
"新诗贡献奖"。 应邀出席诗刊社第七届青春回眸诗
会。 7 月，《当代诗经》（编选）由青海人民出版社出
版。 8 月，《车过黄河 1》（中德双语）在奥地利出版。

10月，《嗜道》（中韩双语诗集）由韩国 HL BOOKS 出版社出版。 获第三届彝良文学奖诗歌奖。 10—11月，应诗人、导演刘一君之邀，创作电影文学剧本《戒烟》。 11月，《新世纪诗典（第五季）》（诗集·编评）由浙江文艺出版社出版。 入选博客中国"1917—2016 影响中国百年百位诗人"（第32名）。

图书在版编目（CIP）数据

伊沙的诗/伊沙著. —北京：北京师范大学出版社，2019.10
（北师大诗群书系）
ISBN 978-7-303-24450-8

Ⅰ.①伊… Ⅱ.①伊… Ⅲ.①诗集－中国－当代 Ⅳ.①I227

中国版本图书馆 CIP 数据核字（2018）第 276945 号

营 销 中 心 电 话 010-57654738 57654736
北师大出版社高等教育与学术著作分社 http://xueda.bnup.com

YI SHA DE SHI
出版发行：北京师范大学出版社 www.bnup.com
　　　　　北京市西城区新街口外大街 12-3 号
　　　　　邮政编码：100088
印　　刷：北京盛通印刷股份有限公司
经　　销：全国新华书店
开　　本：890mm×1240mm　1/32
印　　张：11.00
字　　数：300 千字
版　　次：2019 年 10 月第 1 版
印　　次：2019 年 10 月第 1 次印刷
定　　价：56.00 元

策划编辑：禹明超　　　　　责任编辑：陈佳宵
美术编辑：王齐云　　　　　装帧设计：王齐云
责任校对：段立超　陈　民　责任印制：马　洁